［著］たままる
［画］キンタ
Different world slow life begun at the Smith
鍛冶屋ではじめる異世界スローライフ
8

イラスト
キンタ

デザイン
AFTERGLOW

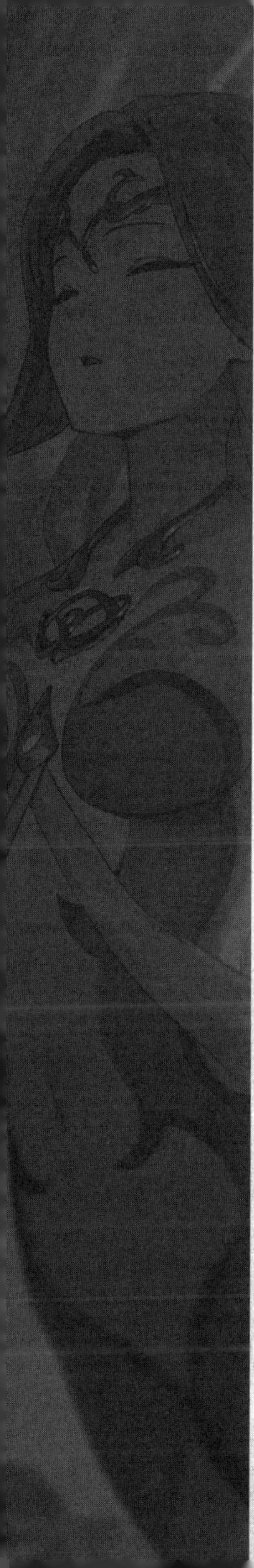

CONTENTS

Different world slow life begun at the Smith

プロローグ　鍛冶屋《かじや》の友人

自身の結婚式を終えて数日経《た》ったある日、マリウスは椅子に身体《からだ》を預けて大きくため息をついた。

結婚式は準備も大変だったが、その後もそれに負けず劣らず大変だったのだ。

早々に侯爵のところへお礼に伺い、その後も同じようにお礼と報告を方々へ行い、それが終わったのがつい先ほど。

そして明日からは、外交上のやりとりのために帝国へ行く予定になっている。

表向きの話として、国境沿いの小競り合いについて決着をつけることが目的なのだが、これは裏では既に解決済みである。

それでも行くのはあくまでお互いの国内と、状況を「見ている」諸外国へのアピールのためだ。

つまり、実際に現地でやることは存在しない。

なので、外交であれば連れて行く必要のない妻を帯同する事になっていた。名目上は物見遊山ではないが、事実上の新婚旅行である。

「それにしても」

マリウスは呟《つぶや》いて伸びをする。

「いい〝家族〟だったな」

彼が思い返すのは結婚式当日、楽しそうにしている鍛冶屋の友人と、その〝家族〟の姿だ。

その友人――エイゾウ――に出会ったばかりの頃、彼が〝黒の森〟で鍛冶屋をしていると知ったときは、にわかに信じがたかったが、今となってはその話を疑うべくもない。

マリウスの家、つまりエイムール伯爵家の爵位継承問題を解決するカギで、魔物討伐遠征隊での任務達成に最も貢献しており、無理難題と言っていい素材の加工に成功して、しかも妖精《ようせい》の加護までつけてくれたのだ。

仮に何かが怪しいとしてもわずかにでも疑うのは不義理に過ぎる、とマリウスは思った。

はじめてエイゾウを見かけたとき、彼のそばには虎の獣人のサーミャがいた。詳しくは聞いていないが、エイゾウを守るような動きを見せたことから、何か信頼するようなことがあったのだろうと、マリウスは推測している。

ドワーフには腕のいい鍛冶師に弟子入りするという風習があるらしく、それならとエイゾウに会えるよう、マリウスが手引きしたドワーフのリケ。

自分が納得できるほどの出来映えのものを作れたら、一度自分の家に帰るらしいのだが、今のところ帰ったという話をマリウスは聞いていなかった。

まぁ、ドワーフといえどもエイゾウの域に達するには、かなりの時間を要するだろう。マリウスは自分の指にある、北方のものらしい精緻《せいち》な文様の入った指輪を見て思った。

そして、マリウスの妹、つまり伯爵家令嬢であるディアナの様子をマリウスから見ていても、エイゾウ一家の仲がいいことはよくわかる。

ディアナは、ああいった場にあまり慣れていなくて勝手がわからない〝家族〟をフォローして回っていた。家族仲が悪ければそういうことはしないものだ。

それ以上に、ディアナが楽しそうだったのが印象的だったなと、マリウスは思い返す。

帝国第七皇女で、半ば以上に人質としてエイゾウのところにいるはずのアンネも、同様に楽しそうにしていた。

本来であれば、帝国の皇女が参加しているとなれば、それが婚礼の祝宴で無礼との誹《そし》りを免れなくても、メリットの大きさからお近づきになろうとする者の多さがディアナ以上になったであろう。

しかし、エイゾウ家には最強の用心棒、〝迅雷《じんらい》〟の名も高き傭兵《ようへい》のヘレンがいた。

綺麗《きれい》なドレスを身に纏《まと》っていても、ヘレンの威圧感たるや声をかけようかと考えていた貴族達の身を竦《すく》ませるには十分なものであった。

傭兵稼業をしばらく休止する旨、傭兵団に伝えていったと、マリウスの耳に届いており、影響力の低下はエイゾウ一家にとってもあまりよいことではないなと懸念していた矢先だったが、それが杞憂《きゆう》であったことを、マリウスは思い知ったのである。

ヘレンに守られていたのはエルフのリディも同様だった。人前に姿を現すことが滅多にないエルフとなれば、これも帝国皇女と同様にお近づきになりたいと思う者も少なくはない。

それでもヘレンから溢《あふ》れる威圧感を乗り越えてまで、声をかけようとする勇気をもつ者は侯爵以外にはいなかったそうだ。

そんな個性派揃《ぞろ》いの〝家族〟たちが、エイゾウがダンスから戻ってきたとき、皆朗らかな笑みを湛《たた》えていたのをマリウスはよく覚えている。

それは、まるで生まれたときからそうなることが当然であったようだった。

「あんな家族になれるといいな」

マリウスの脳裏には、まだ結婚していない親友の笑顔がよぎっている。

それはすぐに妻の笑顔に変わり、そして、まだ見ぬ子や孫に囲まれているマリウスと妻の想像へとうつっていった。

1章　いつもどおりの〝黒の森〟

マリウスの結婚式から戻ってきた俺たちは、翌日からいつもどおりの生活に戻った。

少しだけ違うのは神棚に奉ってあるヘレンが入手してきてくれたヒヒイロカネの隣に、マリウスの結婚指輪を作ったときの報酬としてもらったアダマンタイトも鎮座していることだ。これは帰ってきて真っ先にここに置いた。

なので、朝に神棚を拝むときにもそこにあるわけである。

「あれはいつ加工するんだ？」

二礼二拍手一礼の最後の礼を終えたあと、俺にサーミャが聞いてきた。

「どっちの話だ？」

「どっちもだよ」

「そうだなぁ……」

俺は顎《あご》を手でさすりながら考え込む。

「とりあえず、しばらくはないいな」

その言葉でがっくりと肩を落としたのはサーミャではなくリケだ。

「適切な加工法を探る必要がありそうだからな。普通の鋼のように鍛えてもそれなりに加工は出来るんだろうとは思うけど」

どっちもメギスチウムと違って柔らかいわけでもないから、性質は金属に近いものだと思う。それならば普通に加工はできる……はずであるが、確証はない。

チートを使えば一発で解決……とはいかないことがあるのはメギスチウムのときに経験済みである。

それに、俺にはもう一つ理由があった。

「あとは魔宝石が崩れなくなる方法も探りたいしなぁ」

妖精さん達の病気を治療するには魔宝石が欠かせない。だが、うちで製作できる魔宝石は安定していないのか、しばらく経《た》つと崩れて雲散霧消してしまうのである。

もし崩れない魔宝石が製作出来れば、薬として妖精さん達に提供し、理由はともあれ俺がいなくなっても病気の治療ができる。なるべくなら妖精さん達にももっと気軽に暮らしてほしいものだし、それを考えれば優先したいのはこれだ。

ただし、問題は魔宝石には宝石としての価値があり、それもそんなに安いものではないということだが。言うなれば無から宝石を生み出す技術である。

方法を見つけてそれが他の皆にも出来るようになったとしても、製法は門外不出だな。そうすると百年後くらいには失われていそうだが、それも致し方あるまいと思う程度には危険だ。

そんなようなことを言うと、アンネがうんうんと頷《うなず》いた。

「私は喉《のど》から手が出るほど欲しいけど、もし私が手に入れて国に帰ったとしたら、私はその後一生日の光を浴びることはできないでしょうね」

「だろうな」

無から無限に金を生む機械を入手したら、誰だって大事に大事にしまっておくだろう。それはもう仕方のない話だ。俺だって自分が偉い人の立場だったらそうする。となれば門外不出でも致し方あるまい。

そもそも、この世界でこれまでに魔宝石の生産に成功した者が皆無であるとは考えにくい。つまり、もう既に技術が失われているのではなかろうかと俺は推測している。

こうして生まれたり失《な》くなったりしてる技術っていっぱいあるんだろうな。前の世界ではどうだったんだろうか。今更だが少し興味が出てきた。もう前の世界のことを調べる手段は全くないけど。

「そんなわけでしばらくはいつもどおりだ」

俺がそう言うと、リケも含めて皆から了解の声が返ってきた。なんだかんだでいつものんびりとした（とはいってもキッチリ仕上げるが）仕事も嫌いではないのだろう。俺はのんびりと炉と火床に魔法で火を入れた。

俺が魔法でやっているのはあくまで着火と送風だけなので、火を入れてもしばらくは温度があがってこない。火床の様子はリケが、炉の様子はサーミャが見ていてそれぞれ適宜炭を投入している。

〝親方〟はどっしりと後ろで見ていろということだろうか。

特注品のときは火床を整えるのは俺の仕事だが、今日はさっき宣言したとおり普通のだから、こうしてその様子を眺めていても問題ないというわけである。

いや、気持ちとしては何もしないのは落ち着かないのだが、二人に「これも勉強だから」と言われると引っ込まざるを得ないのが実際のところだ。

徐々に温度をあげていく炎を見ながら、俺は手を握ったり開いたりして、以前、畑仕事を手伝っているときに、うちの魔力と魔法の専門家であるリディに聞いたことを思い出していた。

「俺が使える魔法はごくごく簡単なやつのみだけど、これって練習したら他のも使えるようになるのかね」

「どうでしょう……」

リディは口元に指先を当てて考え込んでいた。

「魔力の扱いは誰でも練習すればそれなりにできますが、魔法は向き不向きがありますからね」

「ほほう」

「例えばですけど、大病を治す魔法が使える人は炎を操るような魔法は不得手だったりします」

「特化すると他が苦手になる？」

「と、言われていますね。私はそこまで凄《すご》い魔法は使えないのですが、ある程度はなんでも出来ますし。ただ、それでも火と風は苦手ですね。使えなくはないんですけど」

「ちょうど俺が使えるやつか」

「ええ。なので教えるのも難しいかもしれません」

リディはそう言ってシュンとした。俺は軽くその肩を叩《たた》いた。

「今使えるのでも十分だから気にしなくていい。ちょっと興味が出ただけだ」

「なにか教えられそうなものを思いついたら、すぐに教えますね！」

そう言ってグッと力こぶを作るリディと、俺は顔を合わせて笑った。

「よーし、それじゃあ今日の仕事に取り掛かる」

俺は皆とワイワイやりとりしながら、今日の作業に取り掛かるのだった。

◇◇◇

それから二週間が過ぎた。このところ、珍しい素材で指輪を作ったり、妖精さんの病気を治したりとイレギュラー続きだったこともあって、特に変わったことはしていない。〝いつも〟に戻るためのリハビリのようなものだ。

納品のときにカミロに聞いてみたが「世は並《な》べて事もなし」とのことだった。マリウスとジュリーさんも睦《むつ》まじく新婚生活を送っているらしい。新婚旅行の概念はこの世界にはまだないというか、そもそも物見遊山での移動はあまりないと言っていいだろう。

旅人とはつまりどこにとっても〝よそ者〟だからなぁ……。行商人や探索者たちにもそれなりの苦労があるに違いない。何か事が起これば真っ先に疑われるのは彼らだろうし。

まぁ、あの新婚さんたちには指輪に妖精さんの加護がついているから滅多なことは起こらないと思ってよかろう。そのあたりを心配しなくて済みそうなのは、本当にありがたいことである。

そんなこんなでいつもどおりの二週間を過ごし、俺は気がつき始めた。

「最近またちょっと暑くなってないか？」

「あー」

テラスで昼飯を皆で食べているときに俺が言うと、サーミャが空を仰ぎ見た。以前も随分と暑くなったとは思ったが、飯や休憩で鍛冶《かじ》場から出たときに涼しさをあまり感じなくなってきているような……。

まだ今のところはじっとしていると汗がダラダラと流れるというほどではないのだが、更に気温があがっている気がする。

「もう夏だな……」

日が差し込みにくい〝黒の森〟の中で、湖を除くと、ひらけているのはうちの周りだ。抜けるように青い空には太陽がさんさんと輝き、その恵みを地面に注いでいる。

「もうそんな季節なんだなぁ」

俺がこの世界にやってきたのは多分春先くらいだ。それから雨期を経て夏。まだ一年は経過していないとはいえ、それなりの時間が経ったことになる。その間にいろいろなことが起こりすぎて、もっと時間が経っているような錯覚もあるが。

「これからまだまだ暑くなるのか？」

「そうだなぁ。夏も始まってそんなに経ってないし」

鍛冶場の中ほどではない（そうなったらこのあたりは砂漠と化している）だろうが、まだ暑くなるのか。そうなると、いずれ何をしていても汗をかくようになりそうだな。

「井戸を掘るか……」

汗をかくということは、つまり体内の水分が失われているということである。それに今のように身体《からだ》を絞った布で拭《ふ》くだけでは物足りなくなるのではなかろうか。主に俺がだが。となれば水浴びもしたくなるだろう。それはクルルもルーシーも同じである。

そうなれば、今汲《く》んでいる量では水が足りなくなってくることは鍛冶場の火を見るより明らかというもの。水分を補給するための飲料水や畑に撒《ま》くぶんもあるわけだし。

足りなくなったら湖へ汲みに行ってもいいのだろうが、ほぼ毎日それもなぁ……。散歩も兼ねているので水汲み自体は続けるにしても、簡単に水を確保する手段はいずれ来る風呂《ふろ》計画のためにも今のうちに整えておきたい。

「どうだろう？」

俺は皆に井戸掘りを提案した。幸い納品はこの間したところだから時間はあるので、あとは皆が井戸を必要と思うかどうかだ。

「アタシはあってもいいと思う。アタシやヘレンはともかく、他のみんなはここから湖に行くのも危ないかもだし」

そう言ってサーミャは同意してくれた。

「そうねぇ……。なくて今すぐ困るものではないけど、あればとても便利なのは確かかね」

「私もあっていいと思います。水を沢山必要とするものを植えるかもしれませんし」

腕を組んで考え込んでいるのはディアナだ。リケとアンネも似たような感じみたいで、消極的賛成と言えるだろうか。畑を考えて積極的に賛同したのがリディである。

自由に使える水が増えれば植えるもののレパートリーが増えるのは道理かもしれない。さすがにかけ流せないと思うので、ワサビのような植物までは無理だろうが。

ヘレンはというとあまり興味がない感じであった。サーミャが言うとおり彼女は自分で湖に汲みに行けるからどっちでも問題ない、ということらしい。

「問題は家の周りで水が出るか定かじゃないところだな」

「それなのよね」

俺が言うと、ディアナが腕を組んだまま頷いた。あちこち掘り返しはしたが結局水は出ませんでしたとなれば、骨折り損のくたびれ儲《もう》けである。湖の様子から見て伏流水なり帯水層なりはありそうだが、ここらまでは通じていない可能性は普通にあるのだ。

ディアナたちが積極的に賛成と言わないのも恐らくはそこだろう。そこまで考えて、俺はハタと気がついた。

「しまった、妖精《ようせい》さんたちにここらは水が出るのか聞いておけばよかったな」

彼女たちなら水がどこまで来ているか、ある程度知っていたかもしれない。あるいは感知できるとか。前に家に来たときに聞いておけばよかった。

「妖精さんたちへ連絡する方法もわからないですし、とりあえずやってみるのはありなのでは？」

そうリケが言うと、

「そうね。水が出なかったらそのとき考えましょう」

ディアナが同意した。

こうして、エイゾウ工房での井戸掘り開始が決定されたのだった。


井戸を掘る場合、この森でやるとしたら概《おおむ》ね二種類の方法が考えられる。

まず露天掘り。乱暴に言えば単純にシャベルで掘っていく方式である。空気の循環なんかを考えて広めに掘っていき、湧いたところを木の板や石で囲ってさらにその周りは埋め戻す。

用意する道具が少なくて済むことと、広く掘って湧水するところを多少は探しやすいのがメリットだが、ロスの多い方法だし崩落の危険もある。無限に掘る場所を広げるわけにもいかないし。

次に上総《かずさ》掘りと言われる掘り方だ。櫓《やぐら》と専用の道具を使ってボーリングしていく方法である。やるには当然櫓も道具もそんなに複雑でないにせよ作る必要がある。だが、露天で掘るよりは早いし安全だろう。

さらに言えば掘ったあとだ。釣瓶《つるべ》で汲みあげる方式にしても跳ね釣瓶を作るのか、あるいは手押しポンプを作るのかなど考えることは多い。

ただ、上総掘りと手押しポンプは、このあたりにはない技術だし、水の確保というのは栽培と居住に大きく影響する。

つまり、領地運営にも影響してくるわけだ。ろくな水資源もない、人が住むには適さない広いだけの不毛な土地だと思っていたら、不透水層より下には豊富な水があって豊かな生産力を誇るようになるかもしれない。

そしてそれは国にとっては力なのだ。そういうものをこの場だけとはいえ設置するのもなぁ……。

そんな事もあって、井戸掘りを持ちかけた日の夕食後、俺が露天掘りで釣瓶を設置することを提案すると、みんなからは特に異論は出なかった。

崩落は心配だが、このあたりの土壌の硬さを考えるとそうそう崩れはしまい。

「いつからやるんだ?」

「そうだなぁ」

サーミャに聞かれて、俺は腕を組み天井を仰いだ。魔法のランタンの明かりで黒さが幾分薄らいでいるが、思考を集中させるには十分な暗さだ。

「早めがいいから、明日からでも始めたいくらいではあるんだが」

「別にそれでいいんじゃねぇの」

サーミャが事も無げに言った。目線を下ろすと、皆も特に異議はないらしい。とはいえ、ちゃんと納品はしていかないといけない。

貯金というか使ってない金が沢山あるから、しばらくは仕事しなくても問題ないが、今後数十年お世話になるかもしれないのだ。ほぼ自給自足のスローライフに入ったら頻度は減らすと思うが、それまでは信頼も貯《た》めていくに限る。

「カミロんとこへの納品って量、足りてたっけ?」

「前が多かったんで今回は十分なはずですね」

俺が聞くと即座にリケが答えてくれた。他の作業をしていても週あたりの納品ラインは守ってこられたのだから、他の作業がなければ余剰が出るのは当然か。

「じゃあ、そっちは問題なし、と。肉の貯蔵は……聞くまでもないか」

そっちはサーミャが頷《うなず》いた。よく食べるのがいる（最近増えた）おかげで「干したり塩漬けにしたりしても食べきれない分を捨てる」という事態にはなってないが、保存している分も増減なしか微増くらいのペースなのだ。

全部を家に運び込んで籠城《ろうじょう》すれば、食料の観点からは三ヶ月くらいは保《も》つんじゃなかろうか。それも特に量を制限せずにだ。家の中で水を確保する手段がないので実際には籠城出来ないが。そもそも、そんな事できる構造になってない。

「それじゃ、お言葉に甘えて明日からやらせてもらうか。最初は場所の選定だな」

頭の中でなんとなくの作業の割り振りを考える。なんだか前の世界でやってた仕事っぽくなってきたな。こっちは仕事と趣味と生活のハイブリッドみたいなもんだから、そのぶん気は楽だが。なんせこれには納期がない。ああ、素晴らしき哉《かな》ノー納期。その分ダラダラしてしまわないようには気をつけよう。

その後、いくつか日常生活の話をして、俺は皆より一足先に自室に戻るのだった。

◇　◇　◇

翌日、朝の日課を終えたら全員で外に出てきた。まずは掘る場所を決めるのだ。

水脈がなければどうしようもないが、ある程度「ここに井戸があればいいな」と思う場所は決めておきたい。

「水脈を探る魔法、なんてのはないよな」

俺はリディに聞いた。聞かれたリディはキョトンとしている。これはないってことだな。そう思っていると、

「あるにはありますよ」

と返された。あるのか。

「厳密には〝水のある方向がわかる魔法〟です。間に壁などの障害物があると探知しにくくなるので、地面の下にある水は探るのが難しいんですよね」

「なるほどなぁ」

エコー的な何かだろうか。まぁ、魔法に原理を求めても仕方ないか。十メートル前後の深さに汲みあげられるほどの水があるかどうか判別するのは、前の世界でもなかなかに難しいことだったと記憶している。それが魔法でわかるなら十分すぎる。

「それでも得意な人なら精確に位置をつかめるんですが、私の場合はそこまで得意でもなく……」

「いや、それでも十分だよ。少なくともここら一帯を掘り返すのが無意味かどうかわかるだけでも全然違うし」

俺がそう言うと、リケがウンウンと頷いた。リケの工房は山に近いが川から遠かったので井戸を掘るのに苦労したという話が残っているらしい。

それならと、リディが魔法を使うことになった。俺が使うような簡単なもの以外で使うところを見るのは、ホブゴブリン討伐のとき以来かな。

リディはしゃがみ込むとスッと目を閉じて何かに神経を研ぎ澄ませ、手のひらを地面に向けている。そよそよと風が渡るが、その風から涼やかさが減っているのに俺は気がついた。こりゃ完全に夏だな。

「おお……」

ヘレンが声をあげる。リディの手がほんの少しだが光っているのだ。その光は手のひらよりも大きな範囲の地面をちょっとだけ照らしているように見えた。わずかばかり手のひらと地面の間から光が漏れているようにも見える。

そっとリディが目を開け、しゃがみこんだまま結果を説明してくれた。

「この感じですと、このあたりはどこを掘っても水が出そうですね」

「え、そうなの?」

「ええ」

リディはしっかりと頷いた。その目には確信の色が見てとれる。魔法を使う前のちょっと自信なげな感じは全く残っていない。

「この光は水のあるほうに向かいます。少し離れてますけど湖があるのでそちらのほうへも行ってますが、もしこの一帯に水がなければ地面には行かないはずなんです」

「光の強さが水の量というか、魔法でわかる範囲ってことか」

「そうですね。この魔法が得意な人が使ったときは、水があるところに強い光が向かいます。私は得意でないので光が弱いですが……」

「それでも拡散しているということは地下水がそれなりに集中してあるのではなく、ここいら一帯に分布してるってことか」

「おそらくは」

つまり、うちの家（と工房）は恐らくは不圧地下水を含んだ地層の上に建っていることになる。流石《さすが》に岩盤より下の被圧帯水層の水までは探知できなそうだし。

前の世界の工場みたいに大量に汲みあげる事はできないから、地盤沈下みたいなのを気にする必要はないと思うし、平地なので地すべりの心配もいらないだろうが、なんかちょっと怖い感じはするな。

どこを掘っても水が出るなら、あとはここにあれば便利だと思うところに井戸を作ればいいわけである。

これもウォッチドッグのはからいだろうか。それなら最初から井戸を用意してくれたらよかったのではと思わなくはないのだが。

いや、そこまで望むのは贅沢《ぜいたく》というものか。最低限を用意してくれていたのだからそれで良しとしよう。

井戸の場所決めは少し紛糾した。皆それぞれの主張がある。

「一番水を使うのは畑だと思うんですよね」

「クルルとルーシーの小屋に近いほうが洗ったり、お水あげたりするのに便利でしょ」

「表に近いと獲物を解体するときに洗えて便利だ」

「貯水槽そばなら、水を貯めることもできてよくないですか」

それぞれめちゃくちゃ離れているわけではないので、どこに置いても大差はなさそうに思えるのだが、それでも使う頻度とかを考えると、少しでも自分の作業に便利なところがいいには違いない。

しばらく話し合って、折衷案でテラスのすぐそばに掘ることになった。ここなら皆が希望するどの場所からも同じくらいのところにあるし、母屋や鍛冶《かじ》場へと水を運び込むのにもテラスから入れるので便利なのだ。

「よーし、それじゃあ始めるか」

作業は俺とヘレンとアンネが掘って、出た土を他の皆が運び、時々リディに水の存在を確認してもらうという手はずだ。

俺は部屋を増築したりするときに使ったスコップを手にした。既にスコップを手にしているヘレンとアンネは俺の挙動を見ている。どうしたのだろうと思っていると、ヘレンが俺に言った。

「最初はエイゾウがやりなよ」

鍬入《くわい》れみたいなもんか。こういうのは気持ちが大事だしなぁ。

「それじゃ僭越《せんえつ》ながら」

俺は咳払《せきばら》いをして、水が出ますようにと祈りながら、最初のスコップを地面に突き立てるのだった。


ざくりと硬い土に鋼が食い込む感触が、柄を通じて俺の手に伝わってきた。これが最初の作業ということになる。

水が出てきたところで掘るのをやめるつもりだが、深ければ十メートルほどにはなるはずだ。まだまだ先は長い。

俺が最初にスコップを入れるのを待っていたのか、一すくいの土を脇によけた途端にルーシーが駆け寄ってきて地面をほりほりしはじめた。地面の硬さもあって大して掘れてはいないのだが、なに、子供が手伝ってくれるのは気持ちだけでも嬉しいからな。

「俺たちに近づくと危ないから、ちょっと離れたところを頼むな」

「わん‼」

俺が言うとルーシーは一声あげて、言われたとおりにちょっと離れたところをほりほりする。クルルはルーシーが掘った土を脚で器用に脇へよけていた。すっかりお姉ちゃんが板についてきたな。

それを見て家族皆がほっこりした気分になる。それなりに急ぎはするが、今すぐないと困るものでもないし、ましてや仕事でもない。先を考えてげんなりするよりは、こうやってほっこりした気分で作業を進められるなら、そっちのほうがいいに決まっているのだ。

「よーし、それじゃあこの辺を広く掘っていこう。出た土はそうだな……あの辺にまとめておこう。あとである程度は埋め戻すから、近いところがいい」

人数が少なかったり作業に使える場所が狭かったりするなら、崩落の危険も考えつつ、できるだけ狭い範囲で掘るのがいいのだとは思うが、今回は人数もいるし作業に使える場所もそれなりに確保できるので、広めに掘り下げていく予定だ。

万一を考えて掘り下げる箇所は一辺が斜面になるようにする。こうすれば崩落したときの安全マージンを取りながら、換気の問題も解決できる……はずである。狭い範囲で掘った場合の問題は換気で、想像より浅い段階でも換気されずに窒息してしまう。これなら換気できるだろうとの目論見《もくろみ》だが、作業中に苦しくなった場合はすぐにリディが〝送風〟の魔法を使うことになっている。

そう、彼女も〝着火〟と〝送風〟の魔法が使えるのだ。普段俺が使っているのは「親方が俺だから」というそれだけの理由である。別にロックがかかっているものでもないからなぁ。

掘り出した土砂の運びだしも、カゴか何かに縄をくくりつけて引きあげてもらうことも考えたが、直接出入りができるしこちらのほうが面倒が少なそうだ。

作業の内容が決まればあとは進めていくだけである。途中でなんらかのハプニングが起こることはあるだろうが、そのときに解決方法を考えればいい。俺は再びスコップの先を地面に食い込ませた。

掘り始めてしばらく。土は硬いが〝特製〟のスコップのおかげか、思ったよりも作業が進んでいる。今は田んぼを作るにはまだ浅いが、水が溜《た》まればそれなりの量になりそうなくらいだ。

掘削班以外のみんなが集めてくれた土も結構な量になっている。ちょっとした小山のようだ。頑張っていたルーシーも結構掘ったところで飽きたらしく、今はクルルと一緒にあたりを走り回っている。

あれは多分皆が見えるところにいるから嬉《うれ》しいのもあるんだろうな。鍛冶場をクルルも入れるようにして、自由に出入りさせるか？　いや、あそこは火を扱うからダメだな。

空を見た俺は太陽が中天にさしかかろうとしているのに気がついた。もうそんな時間か。

「そろそろ昼飯にするか。準備するから皆手を洗ったりしといてくれ」

俺がスコップを地面に突き刺してそう言うと、皆から声が返ってくる。今日は天気もいいし、クルルやルーシーも機嫌がいいのでテラスで食べることにしよう。

昼からも作業をすることを考えたら、少しスープの具材を増やしたほうがいいかな、そんなことを考えつつ、落ちる汗を拭《ぬぐ》いながら俺は家に戻った。


昼飯を終えたテラスに、鈴の鳴るような声が響いた。

「こんにちは」

声の主はまるで人形のような姿をしている。この森の妖精族《ようせい》の長《おさ》、ジゼルさんだ。

「こんにちは」

俺が挨拶《あいさつ》を返すと、ジゼルさんはニッコリと微笑《ほほえ》んだ。そう言えば彼女たちに井戸を作っていい

かは聞いてないな。

「今日はなにか御用で？　あ、もしかして井戸はまずかったですか？」

井戸を作るのがこの森のご法度に触れるとかだったら埋めなきゃいけないなと思いつつ、俺は聞いた。

「いえ、井戸は問題ないですよ。用件はそれではなく、お願いにあがりました」

「お願い？」

「ええ」

ジゼルさんは大きく頷《うなず》いたあと、少し逡巡《しゅんじゅん》する様子を見せた。頼みにくいことなのだろうか。妖精族の長直々《じきじき》だというのに頼みにくいとなると、よほどのことではなかろうか。できるだけ聞いてあげたいが、無理な場合は無理だと断るしかない。

「実は、あなた方にぜひ会いたいと仰《おっしゃ》っている方がおられまして」

「はあ。人に会うだけなら大丈夫だと思いますが……」

「いえ、それが会うのは人ではないのです」

「人ではない？」

俺は思わず片方の眉《まゆ》があがるのを自覚した。この物言いだと人間族ではないという話ではなさそうだ。獣人ですらないのだろうか。

ジゼルさんは自分の気を落ち着かせるように、一度深く呼吸をしてから言った。

「はい。あなた方にはこの森の主に会っていただきたいのです」

「森の主……ですか」

「はい」

ジゼルさんは頷いた。この森の管理者と言っても過言ではない妖精族の長を使いに寄越《よこ》すのだから、それなりに高位の存在であろうことはなんとなく予想していたが、この〝黒の森〟を統べる存在直々のお呼び出しとまでは思ってなかったな。

「詳しい内容は私も知りませんが、あまり心配することはないと思いますよ。不都合があればとっくになんらかの行動を起こされていると思いますし」

「それはそうなんですが……」

彼女の言うとおり、この森を統べるような存在であれば、うちが「現れた」ことも知っているだろうし、その後で増築したり、小屋を増やしたりしたことも感知しているはずだ。

その過程で問題があるのならば、どこかで掣肘《せいちゅう》を加えていたはずで、それをしていないということは概ね許されていると思っても、楽観的と非難されるほどではあるまい。

とはいえ、である。「最近知ったけどお前ら出ていけな」とか、「井戸以上のものを作るなら容赦しないぞ」とかいった話である可能性もあるわけで、後者ならともかく前者だととても困ったことになる。

ひとまずは話を聞いてからだな。俺はジゼルさんに尋ねた。

「とりあえず、お話は承知しました。今からじゃないですよね？」

ジゼルさんは頷いた。

「ええ。と言いますか、いつなのかは私にもわからなくて……」

「えっ？」

「いずれ向こうから連絡があると思うのですが、それがいつなのかというのが確約できないお方なんです……すみません……」

ジゼルさんはそこでため息をついた。中間管理職の悲哀だなぁ。俺も覚えがないでもない。

「いやいや、ジゼルさんのせいじゃないですから。どうしても手が離せないときでなければ、大丈夫ですよ。皆もいいよな？」

皆は若干戸惑いながらも頷いた。それを見て、ジゼルさんは今度は安堵《あんど》のため息をつく。

「それでは、また伺いますね」

ジゼルさんはペコリと頭を下げたあと、ふよふよと飛び去っていった。


「びっくりしたなぁ」

森の中へと飛び去っていくジゼルさんを見送りながら俺は言った。

「結局、どういうことなんだ？」

片眉をあげたサーミャが言った。俺は首を横に振る。

「いずれ来て話をするってこと以外は何もわからん」

サーミャは俺に合わせるかのように、やれやれと首を振った。

「気をもんでいても仕方ない。俺たちは井戸のほうを集中してやろう。ジゼルさん曰《いわ》く掘っても大丈夫らしいし」

俺がそう言うと、皆からパラパラと了解の声が返ってきて、俺たちは改めて井戸掘りの続きをはじめる。

作業に取り掛かろうとして気がついたが、ここらはひらけているから日の光が直接差してくる分、他の場所よりも気温が高いようだ。

それでも、他の場所との気温差でだろうか、対流が起きているようで風が吹いているのが救いだ。

ルーシーは〝仕事〟を思い出したのか、再び〝お手伝い〟をはじめた。クルルも土を脇によける作業を再開している。俺たちもそれに負けないようにと土を掘り始めた。

夕方より前。特製のスコップはサクサクと土を掻《か》き出し、それなりの深さになってきた。田んぼに出来る深さはとうに超えていて、俺の肩より少し下くらいである。ペースとしてはかなりいいほうだろう。

もう直接外に土を出すのは難しいな。斜面側に置いておき、それを運びだしてもらうことにしよう。この作業はクルルが簡易荷車を使ってやることになった。

本人がその荷車の紐《ひも》を口でくわえて持ってきたので、これはやる気があるという判断になったのだ。

俺たちが土を荷車に載せると、クルルは「クルルルル」と一声あげて運びだし、小山の近くで止まる。

その土をリケ達が鍬《くわ》なんかを使って下ろすと、クルルは残りの土を運びに戻ってきた。働き者だなぁ。

　ここらの土はかなり硬いようで、縁を軽く叩《たた》いてもドサッと崩れてくるようなことはない。それでも用心するに越したことはないか。

「木の板を立てるか……」

「木の板？」

　一緒に作業しているアンネに聞かれて俺は頷いた。

「斜面側は大丈夫だと思うが、壁になってるほうは崩れ止めをしておこう。深いところで一気に崩れると逃げる時間もなさそうだし」

　斜面側は出入りもあって踏み固められているし、角度が急にならないように順次広くしていってるので、多少は平気だろう。

　壁側は一気に崩落すると危ないし、十分に離してはあるがテラス方向に崩れると巻き込まれそうなので、少なくともそちら側には矢板を立てておこう。

　一辺の最大の長さはもう決まっているので、その大きさに板を切り出していく。このあと、掘り進めていくともっと数が必要になってきそうなので、その分はサーミャやリケ達に頼むことにした。

　徐々に小さくなる分は都度切って調整する。あまった木も焚《た》きつけなりなんなりで活用できるから無駄にはならないだろう。

　切り出した板を一枚、底のところに壁に接して貼り付けるように置く。もちろん板が倒れてきたら意味がないので、長い杭《くい》を打っておく。杭と言えば聞こえはいいが、そのあたりから適当な細い木を伐《き》ってきたものだ。

それを適当な間隔で打ち込んで、板留めにし、板を積みあげて塀にした。これで崩落は防げるはずだ。

穴が深くなってきたらその分どんどん継ぎ足していく必要はあるが。

これで一通りの作業順は固まった。あとは手順に従って掘っていくだけだ。しかし、この日はもう日が沈みかけていたので、続きは明日することになった。

◇　◇　◇

翌日、この日も晴れていて、抜けるように青い空が見えている。

前日は作業後に体を拭《ふ》くと結構土がついていた。朝の水浴びのときにはクルルとルーシーにも念入りに水浴びさせているし、こういう作業が今後どれくらいあるかわからないが、あった場合にも井戸があるのとないのとでは、清潔度が違ってくるだろう。

そう考えると、スコップを握る手にも力が入るというものである。

この日は皆、一心不乱に掘り進めた。早ければ今日にも水が出るので、その意味でも皆に気合いが入っているようである。

気がつけば深さは俺やヘレンの身長を超えて、アンネの頭も見えなくなってきそうだ。

「心なしかひんやりしてきた気はするんだよなぁ」

「エイゾウも？」

そう言ったのはヘレンだ。彼女の担当分はちょっとだけ早く進んでいる。〝迅雷《じんらい》〟の面目躍如

……ということでもないのだろうが。

俺はヘレンの言葉に頷いた。

「さっきまでと汗の出方が違う気もする」

「だなぁ」

一般に水が出る帯水層まで来るとヒヤッとしているという。地面の下の水は外気の影響を受けにくいからで、地下水がいつも冷たいのはそれが理由らしい。

それとは別に、深くまで来たから日の光が遮られているので、その分涼しく感じているのが理由な気もする。斜面のおかげか風も感じるし。

ただ、二メートルかそこらで水が出てくることはあんまりなさそうだ。そこまで浅いところで出てくるとなると、家の基礎を打ったときにもっと湿り気のある土が出てきてもおかしくなかっただろう。さすがに表土とは色が違ったが。

それがなかったということは、少なくとももう少し深いところまでいかないとダメなはずだ。

俺たちは日が暮れるまで、黙々と穴を掘り続け、穴の深さは三メートルを超すほどになった。水はまだ出て来る気配がない。

せいぜい五メートルくらいまでで出てくれると助かるんだが。そう思いながら、俺はその日の作業を終えた。

更に翌日。もう一メートルほど掘り進んだあたりで、スコップを入れた感触が変わった。なんだかずっしりとくるような……。

持ちあげてみると、スコップに載っていたのは粘土だ。ということはもう少し掘れば水が出る可能性がある。

俺がそれを告げると、ヘレンとアンネはスコップの動きを速めた。目的が達成できそうになれば頑張ってしまうのは仕方ない。

ドサッドサッと重い土の音が続き、やがて砂のようなものが一緒に出てきた。

「掘り広げて様子を見よう」

砂のようなところの露出を大きくとると、俺たちはいったん穴から出て様子を見守る。やっぱり穴の底のほうが明らかに涼しかったような気がするんだよな……。

そう言えば汗をほとんどかいていないようにも思うし。

ちょうど昼飯どきでもあったので、穴のそばで家族みんなで様子を見守りながら（クルルやルーシーが落ちないようにとの見張りの意味もある）昼飯を食べていると、

「あっ！」

サーミャが小さく叫んだ。どれどれと見てみると、まだ濁ってはいるが少し水が溜《た》まりはじめている。それを見て、家族みんなが快哉《かいさい》を叫んだ。

このあとやらなければならないことはたくさんあるが、俺は一旦《いったん》の目的が達成できたことに安堵のため息を漏らさずにはいられなかった。

2章　井戸

水がじんわりと湧いてくるのをみんなで眺めながら昼飯を終えた。わずかだが、穴の底に水が溜まっている。バケツくらいの大きさの桶《おけ》を用意したとして、その半分くらいだろうか。

まだ水が濁っているので試してみようとは思わないが、今日ルーシーが飲むぶんくらいがあるかという程度である。

夏だから少し足りないかもしれないな。

「もうちょい掘ってから、周りを囲うか」

「そうですね」

俺が言うと、リディが頷《うなず》く。こんこんと湧いている必要はないが、ある程度は水を湛《たた》えていてくれないと井戸として役に立たない。

もう少し掘り進めて、少なくともその日の生活で使う水が常に確保できるくらいにはしておきたいものだ。もちろん、風呂《ふろ》計画を考えればもっとあるに越したことはないのだが。

「リケたちは石を集めといてくれるか？　一番下をそれで囲うようにする」

「わかりました」

「あとは周囲を埋め戻しながらの作業だな」

ひとまずは井戸というより「濁っていない水の溜まった穴」を作る。落ち葉などのゴミがなるべく入らないようにするのと、安全のために普段は蓋《ふた》をしておくとして、井戸屋形や釣瓶《つるべ》はその後で作ろう。

うちの家族は大半が腕力に自信があるので、汲《く》みあげは桶に縄をくくりつけて直接汲みあげる方式でも、しばらくは問題なかろう。

そうは言っても力が必要ならその分疲れるわけだし、それで普段の作業に影響が出るのもよろしくない。

それに、リディのように力がない人でも汲みあげられるようにしておかないと、あまりない事態だとは思うがリディが一人のときには井戸が使えないことになってしまう。

なるべく早くに解消したほうがいいだろうな……。

ともあれ、水量を増やすのが先決だ。俺とヘレン、アンネはスコップを持って穴へ下りていく。

「俺は〝遺跡〟に入ったことはないけど、こんな感じなのかね」

「アタイはあるぞ。短すぎるけど、感覚的には似てなくもないな」

ヘレンが胸を張った。傭兵《ようへい》（まだ現役ではある）の彼女は依頼を受ければ〝探索者〟のようなことも請け負うのだろう。

「へぇ。ちょっと興味あるな」

「丁度いい遺跡があればいいんだけど、そういうのはさっさと探索者達が入っちまうからなぁ」

「そりゃそうか」

この〝黒の森〟の中にさほど危険でない遺跡があればいいのだろうが、そんなものはそうはないだろうな。

獣人たちや妖精《ようせい》たちを除けば、今この森に住んでいるのは俺たちくらいなもので、つまりは普通の人が生活するのには適していない。

となれば、遺跡を作るような人々がここに居住か駐留かはともかく、生活していたとは考えにくいわけで、つまりは遺跡が存在する可能性は限りなく低いわけである。

逆に森の外となると、ヘレンが言うようにそれを仕事にしている探索者達が見逃しはすまい。

まぁ、俺はちょっと変なところに住んでる鍛冶屋《かじや》だからな。せっかくの異世界だし興味はあるが、機会があればくらいでいいや。

「そういえば、ちょっと前に王国でも新しい遺跡が見つかったみたいだったけど」

俺たちの話を聞いて、アンネが言った。そう言えば都で探索者がウロウロしてたな。俺はここではたと気がついた。

「もしかして、ここ最近アダマンタイトだのメギスチウムだのが出回ってるのってそれもあるのか？」

「ああ。可能性はあるわね……。だとしたら〝当たり〟の遺跡が出てきたってことになるけど。全部王国行きよね」

「まぁ、王国の遺跡だろうからな」

「そんな遺跡がまだあるのねぇ」

遺跡にも色々あって、大したものがなかったりする「外れ」もあれば、金銀財宝――元は軍資金やなんからしい――がザクザクある「当たり」もあるらしい。当たりの遺跡は大抵大きく、魔力が澱《よど》みやすいので魔物が湧いていることもザラだとか。

当たりの遺跡が出れば、その危険を冒そうと思うくらいの財宝で国が潤うこともあるわけだ。

「だから探索者を規制しにくいのよね」とはアンネの言である。帝国も多かれ少なかれ恩恵に与《あずか》っているのだろう。

ただ、遺跡が見つかるようになってからはそれなりにときが経《た》っていて、大きなものは早々に発見されている。そんなわけで近頃は当たりの大物遺跡はめったに見つからないと聞く。今度カミロにどこで見つかったのか聞いてみるか。彼なら知ってるだろう。

「よーし、じゃあ作業を再開するか」

『はーい』

俺の声に二人の声が返事をする。俺は水が染み出す地面にスコップを突き刺した。

俺とヘレン、アンネで砂っぽい地層を掘り進めると、水の染み出すスピードがあがったようだ。

加圧はされていないのでこんこんと湧いてくるわけではないが、それなりの水量が得られそうだ。

「深さはこれくらいあればよさそうだな。一旦これで枠を作って様子を見るか」

「そうだな」

俺が言うとヘレンが頷いた。恐らくは期待しているくらい溜まってくれると思うが、もしそうでなかった場合に周りを埋め戻してしまっているとまた作業が必要になるので、水槽のようにしておいて必要な量が溜まるかの確認を先にしておくのだ。

土留めに用意してあった板を組み合わせていく。石積みを作るのはまたあとだ。やがて雨期に作った貯水槽のようなものが穴の底に出来上がる。

あれはそれなりの長期間使うことを考えて、板同士の噛《か》み合わせなどもきちんとしたが、これは試しにやっているだけなので、とりあえず板を積みあげて杭《くい》で固定しておくという簡単な作りだ。まぁほぼ土留めだな……。

これでどこまで溜まるか、大体のところが見られればいい。多少漏れようが崩壊しようがいいってのは気が楽ではあるが、どうも「これでいいのだろうか」てのが残ってしまうのがよろしくないな。

「あとは……埋め戻すまでは柵《さく》も作っておくか」

俺は穴の底から上を見あげて言った。こうして見るとおおよそ五メートルというのはなかなかの高さだ。前の世界で言えばビルの二階くらいの高さに相当するから当たり前ではあるのだが。

この高さをなんかの拍子に落っこちたら大変だ。大怪我《けが》は勿論《もちろん》、ひょっとしたら命を落とす可能性だってある。

家族全員に声をかけて、柵を作り始めた。これまた土留め用に準備してあった杭に板を釘《くぎ》で打ちつける。腰くらいと脛《すね》あたりの高さに一枚ずつ板がついているので、柵にぶつかった勢いそのままに落ちることはないだろうし、ルーシーも低いほうの板で守られるはずだ。

家族総出で作った柵はあっという間に出来上がった。急造にしてはしっかりしていて、俺が軽くぶつかったくらいではビクともしない。

「さすがに皆慣れてきたな」

「そりゃ、あれだけやってればそうもなるわよ」

笑いながらアンネが答える。彼女も立場的には未《いま》だ帝国の第七皇女のはずなのだが、うちで〝人質〟として暮らしている間に、こういった作業にも慣れたようだ。いずれ帝国に戻ることになっているが、戻ってからやたら現場作業に手慣れている皇女、とか大丈夫なのだろうか。

いや、あの御仁だと下々の作業を一定の水準で出来るのは、それはそれでいいとか言いそうだな。俺は脳裏にとある人物を思い浮かべてこっそりと苦笑した。

苦笑をすぐにかき消した俺は、家族の皆に今日の作業終了を伝える。皆で楽しく井戸が出来上がった後のことを話しながら、家へ戻った。

◇◇◇

翌日、朝の日課を終えた俺達は、それぞれ道具を持って井戸（未完成）のところに集まる。

「さてさて、どうなってますかね」

上から覗《のぞ》き込むと、かんたん貯水槽には水が溜まっていた。昨日は水全体が茶色く濁っていたが、今溜まっているのは澄んだ水のようだ。俺たちはゾロゾロと穴の底へと下りていく。

ただの確認だし、このあと石を持ってきて積まないといけないので、全員で下りる必要は全くないのだが、どうなっているのか気になるのは全員同じ、ということだ。

井戸は自噴してはいないので、大幅に溢《あふ》れるようなことはなかったようだが、近寄ってみると結構な量が溜まっている。そっと手を入れてみると、かなり冷たい。

試しに持ってきた桶に水を汲んでみた。やはり桶の底がちゃんと見えている。俺はその水をリディに見せてみた。リディはなにやらゴソゴソとしたあと、水をひとすくい飲んでみている。

俺たちはその様子を、固唾《かたず》を飲んで見守った。ここまで来て「この水はダメだ」とか言われたらどうしよう、という不安が今更ながらに脳裏をよぎった。

ゴクリ、と水を飲んだリディは、俺達のほうを振り返った。ゴクリ、と誰かがツバを飲み込む音が聞こえたような気がする。

そして、リディは静かに微笑《ほほえ》んだ。

「水の量、質ともに大丈夫だと思います。このまま進めましょう」

水が出たときのような快哉《かいさい》はなかったが、俺達は互いに手を打ち合わせる。次に大喜びするのは井戸がちゃんとできたときだ。

「よし、それじゃあ石を積もう。埋め戻しも頑張らなきゃな」

俺がそう言うとサーミャは言った。

「エイゾウがめちゃくちゃやる気出してるな」

その言葉に俺は力こぶを作ってやる気をアピールした。それを見て家族皆が笑う。

〝黒の森〟という物騒な土地にいながら和やかな俺達は、それぞれの作業にかかっていく。

石を積む前に水槽に溜まっている水を桶で汲み出した。もったいないので、汲み出した水は水瓶《みずがめ》に入れておく。水瓶はクルルが喜び勇んで運んでくれた。

水が十分に減ったところで水槽を分解する。勝手に壊れない程度にしか作ってなかったので、あっという間にバラバラになった。これはこれでまた再利用する。

分解した水槽のところに石を積んでいく。家族全員でワイワイと「ここにこの石はどうだ」「いや、こっちのほうが形が合う」などと言いながら、石を積み重ねていくと、小さな石垣で囲われたようになった。

一番下を石積みにするのは多少は溜《た》まった水が行き来できるようにしておいたほうがいいかと思ったからだ。

水の量と質自体には問題ないとはいえ、ずっと溜まったままなのがいいこととも思えないので、ある程度溜まってはいるが水は換わっている謂《い》わば〝かけ流し〟のような状態にしておこうと思ったわけである。

不都合があれば木製の水槽を沈めて水の行き来を減らすことは出来そうだし。

石垣の外側は掘り出した砂と土で埋めていく。石垣の高さまで埋め戻したら、次からは板塀を作って高くしていくのだ。上のほうまでは水が溜まらない想定なので、板で土が崩れるのを防ぐようにしておけば平気だろう。

この日は結局石積み部分の埋め戻しまでで作業を終えた。これだけ進めば十分だ。

それに井戸というか水汲《みずく》み場としてはもう使える状態と言えなくもない。毎回ここまで下りてくる必要があって多少面倒なだけで。前の世界でもこれに近いような場所をテレビ番組で見たような記憶がある。

ただ、逆に言えば深さをつけていくと水面まで届かなくなるので、そうなったら早いとこ各種設備を備えていくのがいいだろうな。

翌朝、水を汲みに行く前に様子を見てみると、狙ったとおり石積みにした部分に水が溜まっていた。結構な量なのでそちらの水を汲み出せば湖まで行く必要もなさそうだが、湖へ行くのはクルルとルーシーの散歩も兼ねているし、体を洗ってやるのはここでは出来ない。

俺にしても普段の仕事で体は動かしているが、歩くということもしておいたほうがよさそうに思えるし。

なにより彼女たちがまだかまだかと心待ちにしている。クルルは縄で繋《つな》いだ水瓶を自分で首にかけて、ルーシーはその隣で小さな瓶を口にくわえて尻尾《しっぽ》をブンブンと振り回している。

この状況で「今日からは湖へは行かないよ」と言って彼女たちをガッカリさせられるだろうか。少なくとも俺には無理だ。

そんなわけで、俺の中では今後ずっと水汲みは続けることにした。少なくともあそこまで歩けなくならないうちは続けようと思う。

いや、その頃にはもしかしたらクルルの牽《ひ》く車に乗って行ってるかもしれないな。

そんな少し幸せな将来の夢を考えながら、俺と娘達は湖へと向かっていった。

今日の作業は木の板を板塀に組んでいく組と埋め戻しを進めていく組に分かれる。板塀は杭を打ってそこに板をピッチリと積みあげていく。土留めにしたときよりも板の切り出しに精度が必要だが、俺がやれば生産のチートが働いてくれて量産できた。

板塀を作っていくのはヘレンとアンネに任せたが、力の強さというよりは身長のほうである。梯子《はしご》や脚立なしでそれなりの高さまで作業できるならそれに越したことはない。

埋め戻しはそれ以外のみんなでの共同作業だ。ヘレンとアンネにとって「自分が掘った穴を自分で埋め戻す」ことにならなかったのはたまたまだが、結果としてはよかったかもしれない。

こうして作業を続けて、間に一度納品を挟みつつ（カミロ曰《いわ》く新婚さん達も含めて相変わらず〝世は並《な》べて事もなし〟だそうだ。まあ、そうそう問題が起きてても困る）、数日のあとに埋め戻しが終わった。

そのあと、井戸の穴を囲うように柵というか台というか、よく桶《おけ》が置いてあったりするあの部分を作った。間違って落ちたりしないように今は木の板で作った蓋《ふた》をかぶせてある。脇には縄でくくった桶。

滑車や屋根はなくても、見た目にはもう立派な井戸である。完成したそれを見て、皆がパチパチと拍手をし、クルルとルーシーも拍手の代わりに鳴いている。

「なんとか間に合ったかな……」

俺は額からしたたり落ちる汗を拭《ふ》きながら言った。周りを見回せばいつもよりも樹々《きぎ》の葉も青々しさを増しているようにも感じる。もうすっかり夏の盛りだな。

多少間に合ってない感じはあるが、今日明日に気温が下がるわけでもないし、間に合ったと評してもよかろう。

「最初はエイゾウがやりなよ」

「それじゃ、僭越《せんえつ》ながら」

サーミャに言われたので、俺は蓋をよけて、桶を井戸に落とした。バシャンと音が響く。縄を揺らして桶に水を入れると、縄を引っ張って桶を引きあげていく。

ずっしりとした重さを感じながら引きあげていくと、俺の前に桶が姿を現した。中には澄んだ水がなみなみと湛《たた》えられている。

「まだまだ作るものはあるけど、とりあえず完成だ」

俺は足元に寄ってきたルーシーに桶の水をかけてやった。気持ちよさそうにしていたルーシーがブルルと体を振るうと、水があたりに飛び散り、悲鳴のような喜びのような、そんな声が森に響くのだった。


とりあえず、これで水不足を心配することはそうそうなくなった。かといって無駄遣いしていいものでもないのは変わりないが、冷房機器が存在しない場所で冷たい水を手軽に入手できるのはありがたい。

サーミャがやってみたいと言うので、桶を手渡す。よいしょよいしょと水を運びあげる彼女を見ながら、俺は言った。

「まずないだろうとは思ってたけど、湯が湧いてくるんでなくてよかったよ」

「そんなことあるのか？」

縄を引っ張る手を止めずにサーミャが聞いてきた。という事は〝黒の森〟に自然に湧いている温泉はないってことか。俺は頷《うなず》く。

「王国にあるかは知らないが、北方だと結構熱いのが湧いてるところがあるぞ。そこで湯に浸《つ》かる」

「へぇ……」

サーミャはあまり水が得意ではないらしい。それが虎の獣人だからなのか、それとも個人的ななにかが理由なのかは知らない。

前の世界で虎が泉に浸かっている映像を見たことがあるから、こっちの世界でも虎が水に浸かるのは普通なのではと思っているのだが、実際のところは見てみるまではわからない。

少なくとも毎日身体《からだ》を綺麗《きれい》にしているのは確かだ……ディアナが前に言っていたので間違いなかろう。

「帝国にもあるわね。連れて行かれたことがあるわ。怪我や病気にいいとかで、悪いところがあったらお湯につけたり、お湯をかけたりするの」

そばで水を汲《く》みあげるところを興味深そうに見ていたアンネが言った。

「俺は行ったら浸かりたくなりそうだな」

「帝室専用のところもあるから、そこでなら平気なんじゃない？」

アンネがそう言った。帝室専用のところ、ってことは「そういうこと」を指しているのだろうなぁ。まぁ、彼女は笑っているので冗談か。……冗談だよな？　俺は苦笑しながら言う。

「家族みんなで行くってなったらお願いするよ」
アンネは「わかった」とだけ言って再び微笑んだ。

◇◇◇

翌日、「早いに越したことはあるまい」となったので、納品物を作る前に井戸の設備を整える事になった。どうやら昨日の夕方、剣の稽古《けいこ》をしたあとに浴びた水が気持ちよかったのが決め手らしい。

滑車と釣瓶にする桶は俺が作り、井戸屋形は家族の皆に任せることにした。俺が道具を作るときは鍛冶《かじ》仕事ほどでなくてもチートがあるからな。

滑車は全体を木で作ることにした。鋼で作らない理由は重さだ。基本井戸の上に梁《はり》から吊《つる》す形で設置するので、耐久性よりも軽さを優先させるわけである。

前の世界でも補修はしつつだとは思うが木製滑車がそれなりに残っていることを考えれば、そう簡単に壊れるものでもなさそうだ。それに、木製なら修理も難しいものではないだろう。材料は周囲にいくらでもあるのだし。

外に積んである木材からちょうどよさそうなものをピックアップする。作業は鍛冶場の外で行うことにした。鍛冶場の中、暑いんだよね。

滑車は乱暴に言えば、ぶ厚めの板を井桁《いげた》に組んで真ん中に索輪になる円盤（と円盤を回すための軸）を入れておくだけである。これならチートとナイフ、ノミを駆使すればそんなに時間をかけずに出来るだろう。

ワイワイと柱を立てたり屋根にする板を切り出したりしている皆を眺めながら、俺は作業を始めるのだった。


俺がいるのは木陰だ。暑いには暑いが、風が通る分屋内よりも若干マシである。

皆の作業場所も結構テラスと家の陰にはなってるので不公平感もないし。

索輪を入れる枠になる部分はすぐに出来た。チートがきいてるし、そんなに複雑な部分でもない。がっちり組み合って簡単に分解してしまったりしないようになっていればよいのだ。

井戸屋形へ取り外しができるように、上になる部分に穴を開けておいた。

「クルルル」

クルルの声が聞こえてそちらのほうを見ると、柱を立てているところだった。俺が言わずとも役割分担をしていて、柱を立てていないメンツは穴を掘ったり、梁を切り出したりしている。

あれだけ増築をしていたら、そりゃ手慣れてくるか。今回は床も壁もいらないわけだし、みんな力も器用さも持っているから、あっさり片がつきそうだ。なぜ手慣れるほど増築をしたのかは考えないでおく。

索輪はある程度大きめの円盤を作ってから枠を貫通する形で軸を通し、回しながらチートも併用して削っていくことで綺麗な円盤になるようにした。

円盤が出来たら、外周にU字形の溝も彫っておく。釣瓶の縄はここを伝うわけだ。クルクル回して動きを確認していると、ルーシーが近寄ってきて、滑車をフンフンと嗅《か》ぎ始めた。

「気になるのか?」

「わん」

俺が言うと、彼女は小さめに一声吠《ほ》える。最近ルーシーは色んなものに興味が出てきたようで、皆が触っているものに近寄っては匂いを嗅いだり、前足で触れてみたりしている。

お利口さんなので「危ないから近寄ってはいけない」と言われればあっさりと引き下がるし、目を離していても、いいと言われるまでは口に入れるようなことはしない。

特に鍛冶場は危ないもの(ルーシーにとっては〝近寄ると怒られてしまうもの〟だ)が多すぎる、ということを学んだのかあまり近寄らなくなった。単に暑いからかもしれないが。

コレはそこまで危ないものでもないので、ルーシーの好きなようにさせる。そっと鼻先で滑車を回すと、回るのが面白かったのか前足で回し始めた。ルーシーは〝ほりほり〟をするようにひとしきり回すと、満足したのか井戸屋形のほうへ走っていった。

ああいうところはまだまだ子供だなと可愛《かわい》い娘を見送り、俺は桶作りに取り掛かった。

桶のほうは滑車以上にすぐに終わった。薪《まき》をもスパンと切るナイフの切れ味があれば、チートも合わせて加工はかなり楽にできるからな。

桶は二つ作っておいた。今釣瓶にしている桶は元あったものの流用なので、なにかのときに桶が必要になれば一つ桶が足りないことになる。

そのときになってから作っても間に合うならいいが、そうでない場合にジタバタするのも何なので、釣瓶には専用の桶を作っておくことにしたのだ。

その間にも井戸屋形は柱が立ち、梁と垂木がかけられ、屋根が葺《ふ》かれていく。

家や小屋、倉庫と違って防水を強く意識する必要はないので、屋根は板が貼られているだけといった風情ではあるが使う上で問題はないだろう。もし問題が見つかればそのときに補修すればいい。

井戸の真上にかけられた梁に縦に棒を通し、滑車を吊す。今まで使っていた釣瓶桶から縄を外して滑車に通したあと、両端をそれぞれ桶にくくりつけておいた。

これで万が一、片方が縄を全部引っ張っていってしまっても、滑車にもう一方が引っかかって全部が落ちてしまったりはしない。

釣瓶は動滑車でなく定滑車なので直接の負担軽減にはならないが、純粋に腕の力だけで引きあげるのとは違い、体重をかけて引けるのでその分楽なはずだ。

「これで完成かな」

滑車の釣瓶に井戸屋形。日が暮れつつある風景の中にあるそれは、立派な井戸だ。テラスの脇に井戸があり、その向こうには家と鍛冶場。ますます〝黒の森〟の中にあるのが不思議なくらい、ちゃんとした家になってきたような気がする。

「汲んできた水が足りなくなることって今までなかったけど、これからはもしあっても大丈夫ね」

「そうだな」

備えあればなんとやら。いざとなってもなんとか出来るというのは気を楽にする効果がある、と俺は思っている。〝いつも〟をできるだけストレスなく過ごしていくためにも、出来る準備は進めていこう。

井戸が出来たことで水資源の余裕ができた。前にも皆であれやこれやと話したことが再燃するのは、まぁ致し方ないことだろう。


「どうも」

そこへジゼルさんの声が響いた。忘れるところだったが、彼女からは「上の者がＭＴＧ《ミーティング》したいと言っておりまして」と聞いている。

いや、さすがにこんな言葉ではなかったが、ニュアンスは同じだろう、多分。

「どうも、前に言っていた話ですか？」

俺が聞くと、ジゼルさんはすまなそうに小さく頷いた。

「今すぐとのことですが、大丈夫ですか？」

「ええ、今ちょうど作業が一通り終わったところなので、みんな大丈夫ですよ」

そう言ってから、家族のほうを見ると、皆頷く。念のため、とリケとリディが家のランタンを取りに行く。もしかして転送とかしてもらえるのだろうか。この世界に来て細々した魔法は使っているが、その手の大規模なものは見たことがない。リディがホブゴブリンに使った攻撃魔法が一番派手だったように思う。少しワクワクしてしまうのは仕方のないことだろう。

リケとリディがランタンを持って戻ってくると、ジゼルさんは変わらず鈴の鳴るような声で、しかしさっきまでよりも大きく、そしてハッキリと言った。

「よろしいそうですよ、どうぞいらしてください」

〝いらしてください〟？　あれ、という事は……。俺はそこでジゼルさんとの食い違いに気がついた。そう言えば、ジゼルさんは「森の主が俺たちに会いたいと言っている」とは言っていたが、「呼んでいる」とは言ってない。つまり――。

そこまで思ったところで、突如目の前に大きな緑色の光の塊が現れ、その中からゆったりとした服を身にまとった女性が現れた。

ゆるくウェーブの掛かった緑の髪に、真っ白な肌。目は閉じられている。

彼女は光の塊を背にしているので、後光が差していた。前の世界なら西洋の女神を想像しろと言われたら、十人のうち九人が思い浮かべるようなスタイルである。

彼女が閉じていた目をそっと開き、その緑の虹彩《こうさい》が俺を捉《とら》える。そして彼女は口を開いた。

「……我が願いに応えてくれて感謝する、人の子よ」

威厳、とでも言うのだろうか。威圧ではない、自ら進んで従いたくなるような、そんな雰囲気が漂っている。

と、俺は思っていたのだが、ジゼルさんの反応は違っていた。

「クスッ」

と、笑ったのだ。笑ってすぐ黙り込んだが、肩を揺らしてフルフルと震えている。

女神様（？）が怪訝《けげん》な顔をしてジゼルさんに言った。

「どうした、妖精《ようせい》の長《おさ》よ」

ジゼルさんは、いよいよこらえきれずに、笑いながら言った。

「この方々にはいつもの調子で平気ですよ。気にしたり、言いふらしたりするような方々ではないです」

「そうかい？　では、そうしようか」

女神様（?）はそう言って肩をぐるぐる回す。俺たちは目を白黒させてその様子を見ているしかない。

俺たちの様子に気がついた女神様（?）はペコリと頭を下げてから言った。

「今回はありがとう、私はリュイサ。この〝黒の森〟の主で、世間で言うところの樹木精霊《ドライアド》だよ」

威厳は若干残っているものの、どうにも俺は「あ、ども」と返すのが精一杯なのだった。

3章　世界最上位レベルの依頼人

この世界には〝黒の森〟と呼ばれる深い森がある。樹齢を重ねた樹々《きぎ》は樹皮が黒いものが多く、それらが太く高く聳《そび》え昼なお暗い。

熊や猪《いのしし》、狼《おおかみ》をはじめとする危険な生物が徘徊《はいかい》しており、ときに魔物の出現もあるため、「並の人では迂闊《うかつ》に立ち入れば二度と出られぬ」ことから、そう呼ばれていた。

そして、その森の長《おさ》たる者が――このねーちゃんである。なんかこう〝危険な森の支配者〟というイメージからは、かなり隔たりがある。

まぁ、本人（精霊らしいが）もそこはわかっていて、最初に威厳のある話し方をしたのだろうけど。

目を白黒させている俺達に気がついたリュイサさんが言った。

「すまないね、びっくりしたか？」

「え？　ええ、まぁ……」

下手に否定するのもなんなので俺は素直に頷《うなず》く。にしても、女性なんだなぁ。俺がそう思っていると、リュイサさんは笑いながら言う。

「ふふ、こう見えて〝大地の竜〟でもあるからね。私はその極わずかな一部だけど。私のように表出した〝大地の竜〟のうち、森に住まうものが樹木精霊《ドライアド》と呼ばれている」
タイミング的には話の続きとも言えるが、まさか俺の思考が読めるのだろうか。
サーミャも強い心の動きなら匂いでわかるらしいので、〝大地の竜〟ともなればそれが出来ても
おかしいことはないが。
〝大地の竜〟とは、この世界において大地を構成していると言われるドラゴンだ。はるか大昔に眠
りについた〝大地の竜〟の上でこの世界は成り立っている……と信じられている。
この世界では常識レベルの話らしく、インストールされた知識の中にもあった。
実在するかはともかく、この世界において神々はその後やってきた移住者かつ管理人に近い。
つまり、リュイサさんはこの世界の大地を構成する一部であるわけだ。この世界でも大地の神は
女神だが、大地はその恵みなどから性別としては女性と見られることが前の世界でもあった。
比喩《ひゆ》表現でなく実際に女性であるというのは流石《さすが》に前の世界で聞いたことはないが、この世界で
はそうなのだろう。
彼女は精霊とは呼ばれているが、極わずかな一部とはいえ神に等しいかそれ以上の存在である
……のだよな？　雰囲気にはそういった感じがまったくないから、どう反応していいのか俺も家族
も困っている。
いや、困っていないのがいた。クルルとルーシーである。うちの娘達は気楽に近づいて、「近く
で見ると二人ともやっぱりかわいいね」とリュイサさんに撫《な》でられ、ご機嫌になった。少なくとも
なんらかの危害を加えようということではないのかな。

だが、まさかうちの娘達を撫でるのが今日の目的ではあるまい。俺は困惑したままではあるが、リュイサさんに声をかけた。

「あの……」

「おや、すまない。それじゃ本題に入ろう」

リュイサさんは娘たちを撫でるのを止《や》め、俺達に向き直った。

「単純に言うと、頼み事をしたい」

「頼み事……ですか」

「ああ」

ニッコリと微笑《ほほえ》むリュイサさん。若干威厳とは違う怖さを感じる。

「この森の魔力の濃さが、他に比べて高いのは知ってるね？」

「はい。知ったのはそう昔でもないですが」

少なくとも俺はリディから聞いてはじめて知った。サーミャとリケ、そしてディアナは魔力についてよく知らないので、この森の魔力濃度がどうなっているのかも知らずにいたのだ。

「それは私が〝大地の竜〟の一部なのが原因なのだけど、そこは一旦《いったん》おいておく」

魔力というものが何なのかはわからない。少なくともエネルギー保存則がきくようなものでないことは確かだ。ただそれは〝大地の竜〟のなにかも関係しているらしい。

今はそれ以上の情報は必要あるまい。俺は頷いて先を促した。

「魔力が濃いと魔力が澱《よど》みやすくなって……ひいては魔物が発生しやすくなるのも、少なくともエイゾウとリディは知ってると思っているが」

「ええ」

俺は再び頷いた。俺とリディが知り合い、そしてうちに身を寄せることになったきっかけはまさにそれだ。

「この森ではジゼルたちのおかげで、その数はかなり抑えられていたのだけど、ちょっと困ったことが起きてね」

「困ったこと？」

今度はリュイサさんが頷いた。

「そう。お願いごとから先に言うと、君達にはとある魔物を退治してほしい」

その言葉に、リディが息を呑《の》んだのが俺の耳にハッキリ聞こえた。

魔物退治と言われて、俺はホブゴブリンとの対決を思い出した。

大黒熊《おおくろくま》と戦ったときもかなり危なかったが、周りに人がいたとはいえホブゴブリンのほうが危なかった。辛うじて対応できただけで、下手すれば死んでいたかもしれないのは確かだ。

リディが息を呑んでいたのも、あのときのことを思い出したのだろう。

「魔物ですか」

「ああ。とはいっても、ルーシーのことではないよ」

ね？　と言ってリュイサさんはルーシーを見た。ルーシーもしっぽを振りながら、わんわんと返事をする。

そりゃ、それはルーシーだと言われたら、相手が〝大地の竜〟だろうとなんだろうと抵抗するつもりだ。たとえ俺の薄氷《うすごおり》でも傷をつけられない相手だったとしても。

しかし、そんな相手なら森の主や管理人が対応すればよいのでは。そう思った俺は聞いてみることにする。

「リュイサさんやジゼルさんが対応しないんですか？」

「私が対応すると、地形が変わってしまう。それもやむなしとなれば遠慮はしないが。ジゼル達は戦いにはあまり向いていないし」

ジゼルさんがすまなそうに頭を下げた。いや、別にそれならそれで仕方ないと思う。向き不向きは何にでもある。

リュイサさんの場合は多分持ってる力が大きすぎて、微調整がきかないのだろう。

例えばデコピンのつもりで直径十メートルものクレーターが出来てしまうとしたら、そうそう出張ることはしないだろう。

それをしないと森の存続に係わる場合は、本人も言っているように容赦しないのだろうけど。

「獣人族の人達に頼まなかったのは？」

「これはハッキリ言ってしまうけど、この森の最強戦力が君達だからだ」

リュイサさんの視線が俺を捉える。基本的には戦闘できないリケを除外したとしても、〝迅雷《じんらい》〟の二つ名をもつ最強の傭兵《ようへい》ヘレン、その最強とある程度タメを張れる戦闘力の鍛冶屋《かじや》こと俺、〝剣技場の薔薇《ばら》〟と謳《うた》われた剣の使い手ディアナに、純粋に力で勝り大剣を振り回す巨人族アンネ。

そこに優秀な斥候としての獣人族のサーミャと、弓と魔法の使い手であるエルフのリディがいる。

となれば、あといないのは回復する役目くらいなもので、ちょっとした軍の部隊くらいなら追い返せそうだ。

とはいえ、数ですり潰《つぶ》されたらひとたまりもなかろうが、そうでない相手であれば、俺たちをあてるのは正しい判断と言っていいだろう。

「なるほど……とりあえずお話は伺います」

「それじゃ、説明しようか」

リュイサさんは今のところ屈託のないと表現しても問題のない笑みを浮かべて言った。本当に単なる適材としてスカウトしに来ただけ……と信じたいところだ。

「魔物には大きくわけて生き物に澱んだ魔力が宿ってなるものと、澱んだ魔力だけで発生するものの二種類あるというのは、これもエイゾウとリディは知ってるね？」

「そうですね」

俺が答えると、リュイサさんは満足そうに頷いた。前者は基本元になった生物の特性を受け継ぐが、後者は生命あるものに対しての恨みのようなものだけで動いている、と俺は聞いた。

他のあまり知らなかったらしい面子《メンツ》……特にアンネは「そうなのねぇ」と言いながら興味深そうにしている。皇女として過ごす上で両者の違いは関係ないし、帝国では教えられなかったのかな。

「今回退治してほしいのは後者。居場所は洞窟《どうくつ》の奥。奥と言っても、道中はそこそこの幅があって、君たちが隊形を整えて戦えるくらいの広さの空洞になっている箇所もあるんだが、そこに強い魔物が発生してしまった」

「今からでも行かなくて大丈夫なんですか？　強い魔物が発生しているということは、大量発生が起きてしまっているのでは？　そうなったら食い止めるのは厄介ですよ」

これは遠征隊に従軍したときの印象だ。リディも強く頷いている。彼女たちが里を放棄しなくてはいけなかった理由がそれだからな。

そしてここは〝黒の森〟である。討伐隊を編成したとて派遣するのが難しかろう。損耗率がとんでもないことになりかねない。

まぁ、それで俺たちに頼みに来たんだろうけど。

「そうか、そこも君たちは知っていたね。でも、今回はなぜか魔物の大量発生はまだ起こっていない。感知した魔力の量の割に強いのが一匹だけ生まれているようなのは、大量発生の代わりなのかな。ともかく、のんびりしていていいわけではないけれど、今日明日で対応しないと取り返しがつかなくなるということもなさそうだ」

「ふむ」

「私としては受けてくれると嬉《うれ》しいが、どうかな」

俺は自分の顎《あご》に手を当てた。大量発生でない、となれば大きく慌てる必要はないかもしれない。どれだけ強くとも基本的に一匹で及ぼせる時間あたりの被害には限度がある。

しかし、それは放置していていいというわけではない。確実に被害は広がっていくのだ。

被害が自然の営みの一部なら仕方ない面もあるだろうが、こうして〝森の主〟直々《じきじき》に退治の依頼に来るということは、そうではないんだろう。

であれば、俺はこの森には借りがある（と思っている）し、やると返事をしたいところなのだが、そこに家族を巻き込むのはいいのかどうなのか……。

「やるつもりなんでしょ？」

悩む俺に後ろから声がかけられた。ディアナの声だ。振り返ると、彼女は少し呆《あき》れた顔をしている。見れば他の家族も全員同じようにしてため息をついたりなんかしている。

「どうせ『この森に世話になっているのは俺だから』とか思ってるんでしょう？」

「うっ」

ディアナの言葉に俺はビクッとなった。完全に読まれている。

「なんだかいつも大変なことに巻き込んですまんが……」

「今更だろ」

笑いながらサーミャが俺の背中をバシンと叩《たた》いた。痛みはあるが、それが俺の背中を押してくれていて心強い。

「私たちも〝黒の森〟に住む家族なんですから」

リケが同じく笑いながら言って、家族みんなが頷いた。

よし、俺の腹は決まったぞ。

「受けてくれるかい？」

「今お聞きの通りです。お引き受けいたします」

「よかった。ありがとう」

リュイサさんは心底ホッとした声と顔で言った。まだそう思うには早いが、案外、素直な人なのかもしれないなぁ。

さて、そうと決まれば準備が必要だ。一週間のんびりと準備、ってのはダメでも、明日一日しっかりと準備してから向かうのは大丈夫そうだな。慌ただしく出ていって事故になるよりはそのほうがいいのは当たり前だ。

「それで、相手がどんなのかはわかってるんですか？」

リュイサさんは一瞬間を空けた。俺たちでもヤバそうな相手なら、地形を変えてリュイサさんがやってくれるのがいいんだが。しかし、リュイサさんは俺たちに告げた。

「邪鬼《トロール》という、巨鬼《オーガ》の亜種だ」

邪鬼か……。前の世界だとデカくて力が強い、ってのと日の光に弱いってあたりがメジャーどころだった気がする。

あのカバみたいな妖精《ようせい》？　精霊？　も名前は同じだが、あれは度外視してよかろう。

こっちの世界でも厄介な存在であることは、「この森の最強戦力をあてる」と森の主であるリュイサさんが宣言する以上間違いない。

「なにか特徴ってあります？」

「そうだねぇ……」

リュイサさんはおとがいに手をあてる。〝大地の竜〟の一部で精霊に近いはずなのだが、仕草が妙に人間臭い。もしかすると俺たちに合わせてくれているのかもしれないが。

「身体《からだ》が大きくて力が強い、太陽の光を浴びると弱体化する、あたりが特徴かな」

「ほほう」

前の世界の創作物では、邪鬼は日の光で石化したりと、大ヒット漫画の鬼みたいな特徴があったと思うが、こちらの邪鬼は弱くなるだけらしい。

鏡面仕上げにした盾を山ほど持っていって、太陽光を反射させて洞窟内に導いて邪鬼にヒットさせる手法は無駄ではないがコストに見合わない、ということになるな。

仮に一部分でも石化させることが出来れば、大幅な能力減退が見込めたのだが、弱体化だけではなぁ。あるいは弱体化に賭《か》けるのも手ではあるのか？

いや、今ここで結論を出すべきことでもない。明日一日はもらえたものとして、対策はそこでじっくり考えよう。

……なんとなく脳筋な結論が出そうなことからも、今は目を逸《そ》らしておく。

今日はひとまずここまでだ。俺はリュイサさんに言った。

「では、明後日《あさって》の朝にまたここへお願いします」

「ありがとう。それじゃ、また明後日」

リュイサさんは現れたときと同様、光に包まれて消えた……と思ったらまた現れた。俺をちょいちょいと手招きしているので、近寄ると耳打ちをされた。

「エイゾウ、君がなぜ、どこから来たのかは私、つまり、〝大地の竜〟は知っている。それでもこれまでこの世界から排除されてこなかったのは、そういうことだと思ってくれていい」

一瞬、俺はどう反応していいかわからなかった。今かなり大事なことを言われたような。

「あ、ありがとうございます」

俺は小さく会釈をする。こんなノリで聞いていい話だったのか疑問だが、とりあえず世界がうんたらかんたらで弾《はじ》き出される未来がなさそうでホッとした。

リュイサさんは頷《うなず》いて「じゃあ」と俺たち皆に手を振ると、今度こそ光に包まれて消えていった。

あとには俺達とジゼルさんが残される。

「それでは、私達からもよろしくお願いします。こちらでなんとか出来ればよかったんですが」

申し訳無さそうにジゼルさんは頭を下げた。

「いえいえ、適材適所、こういうことなら我々のほうが得手でしょう」

本業はただの鍛冶屋だけどな。いかんせん副業（？）の攻撃力が高すぎる。

「ありがとうございます。それでは」

ジゼルさんは再び頭を下げると、ふよふよと飛び去っていった。妖精さん的にはリュイサさんみたいに消えたり出たりってのは、はしたないんだっけか。

「よーし、それじゃあメシにするか‼」

空元気ではあるが、俺が大声でそう言うと皆から賛同の声が返ってきて、ぞろぞろと家に入る。

もうすっかり暗くなった森を背に、俺は家の扉を閉めた。

夕食のときに話題に上るのは、やはり邪鬼のことである。細かい戦術なんかの打ち合わせは明日に回すとして、話題として出てくるのは仕方のない話だろう。

「エイゾウとリディは魔物討伐したことがあるんだろ？」

「あるよ。お前を助けに行くちょっと前の話だ」

ヘレンに聞かれて、俺は頷いた。なんだかもう随分昔のことのようにも思えるが、そんなには経《た》っていない。

「そのときはどうだったんだ？」

「あれは〝大量発生〟だったからなぁ。伯爵閣下の部隊が小物を抑えている間に、頭を俺たちが叩いたってとこだ。リディが魔法を使ったけど、起きあがってきたときには色々覚悟したなぁ」

「エイゾウでもか」

「そうだなぁ。かなりの激戦だったよ」

あれはかなりの接戦だったように思う。俺があまり怪我《けが》しなかったのは、「一撃でもまともにくらえば死ぬから」で、骨折になるような攻撃をくらえばその時点で第二の人生が幕を閉じていただろうから、必死に避《よ》けたというだけの話である。

「魔物自体には臭いがないのは皆には朗報かもな」

澱《よど》んだ魔力から発生する魔物は生物ではない。声は出すが呼吸もしておらず、血液が体内を巡っているわけでもない。失血死や洞窟の入り口で煙を焚《た》いて燻《いぶ》り出す方法は取れない。

だが、新陳代謝もないという事は臭いがないということだ。前の世界では、作品によって「くさい」という、魔物本人（？）が知ったら自決を考えるのではないかという特徴があったが、この世界ではそうではない。

ただ全く臭いがしないかというとそうではない。魔物が倒した獲物から漂う臭い――大抵は腐臭になりつつあるもの――はある。

今回どれくらいになっているかはわからないが、発生して間がないなら、まぁ耐えきれないほどではない……と思いたい。

とりあえず、臭いに困ることはなさそうというのは思ったとおり、既に知っていたリディ以外の女性陣には慰めになったようで、少しだけテンションがあがった。

「どう動くのかとかは行ってみないことにはわからんな。これはリュイサさんもわからんだろうし」

攻略W○k·iみたいなものがあれば、それを見てから行きたいところだが、当然ながらそんなものはない。ぶっつけ本番である。

騙《だま》されたら「あなたを詐欺罪と器物損壊罪で訴えます！」どころの話ではないので良《よ》し悪《あ》しだ。

「その辺の細かいところは明日また話そう。明るくなってから外でフォーメーションの確認とかもしなきゃだろうし」

「そうだな」

俺が言って、ヘレンが頷き、夕食は粛々と片付けられていくのだった。

◇　◇　◇

明けて翌朝。俺はいつものとおりに水瓶《みずがめ》を用意した。井戸が出来ても水汲《みずく》みは止《や》めない。散歩代わりだし、井戸は汲んできた水がなくなったら使う運用にしておいて、いざというときに水がない事態を防ぐためでもある。

井戸を覗《のぞ》き込んでみると結構な量の綺麗《きれい》な水が溜《た》まっていて、そうそう涸《か》れることはなさそうだが、まぁ用心に越したことはあるまい。

家の外に出ると、まず尻尾《しっぽ》をブンブン振り回すルーシーに出迎えられる。彼女の首には小さめの水瓶を一つだけ。しかし、心なしか水瓶が以前より小さく見える。

ルーシーも大きくなってきたなぁ。顔つきから子犬らしさが薄れてきている。まぁ、そうは言っても俺から見て可愛《かわい》いことには変わりない。ルーシーの頭を撫《な》でると、彼女は更に尻尾を強く振った。

クルルもなんとなく大きくなっているような気もする。まだ子供だったのだろうか。大きな水瓶二つを余裕で下げて、俺に頭を擦り付けてくる。

「よしよし、お前もいい子だ」

「クルルルルルル」

その頭を撫でてやり、俺と二人の娘は水を汲みに湖へと向かった。

朝の日課を一通り終えてから、今日は全員装備を身につけてテラスに集合した。

しかし、そこは森の中の一軒家、一番ゴツいのが軽量級のヘレンの装備で、ついで胸甲とすね当てなどを持っていたディアナである。その他の面子は装甲はなしなので、防御力的には心もとない。

それでも〝黒の森〟の中でもトップレベルに武装されていることは間違いない。

でも、そうは言っても、だ。

「鎧《よろい》作っときゃよかったかなぁ」

俺が言うと、ディアナが小さくため息をつく。

「大して着ないでしょ」

「そうなんだよなぁ」

森の中で鎧が役に立つ機会は少ない。意味がないわけではないが、装甲よりも機動力のほうが優先されることはいうまでもないので、ヘレンでも狩りについていくときは鎧を着ては行かない。

街へ行く道中であればまだもう少し意味が出てくると思うが、二週間に一回、ほんの数時間程度のために整備する必要があるかというと、ねぇ？

そんなわけでこれまで特に家族向けの鎧は作ってこなかったのだが、邪鬼相手は勿論《もちろん》のこと、今後、魔物化した大黒熊を退治するなんてことを考えると、全員分の鎧を用意しておいたほうがいいのかもしれないなぁ。勿論、クルルとルーシーの分もだ。

そこは今言ってもはじまらないことなので、おいおい考えるとして、俺は目先の問題に話題を変える。

「洞窟《どうくつ》の中はわりと広いって言ってたな」

「家族全員連れて行くの？」

アンネの言葉に俺は腕を組む。

「うーん、クルルとルーシー、それにリケをここに置いてくのは俺も考えたんだけどな」

リケの顔がこちらを向いた。

「荷物の運搬と、もし怪我人が出たりしたら後送しなけりゃならん。そのときに手数はあったほうがよいし、クルルに運搬してもらう以上に効率がいい方法はここにはない。入り口まででもついてきてもらう必要はあるだろうな」

「となると……」

俺は頷きながら言った。

「ここにルーシーだけほっといてもついてきそうだし、本当の万が一のときに繋《つな》がれたままじゃマズいから、繋ぐわけにもいかん。全員を連れていくしかないだろ」

ルーシーが繋がれたまま放置されていたら、ジゼルさんたちがなんとかしてくれるような気はしないではないが、そんな保証はないしなぁ……。頼んでおくのも何か違う気がするし。

「エイゾウ工房の家族全員か!?」

サーミャが身を乗り出して言った。仲間はずれが出なかったからか、少し嬉《うれ》しそうだ。うちの家族の中ではサーミャとリケが一番付き合いが長いからだろうけど。

「そうだな」

俺は頷いた。「家族全員」。うちにいる以上、今までも鍛冶屋《かじや》として収入を得たりして、間接的にその生命を預かっていたのは俺だ……と思う。

今回はより直接的にそれを守ることになる。

が、俺は個人の戦闘能力はともかく、前の世界ではただのプログラマーだったし、この世界では腕前はさておき鍛冶屋でしかないのだ。圧倒的に力が足りない。

俺は皆に頭を下げながら言った。

「今更ですまんが、皆の力を貸してくれ。ちょっと手にあまるかもしれん」

一瞬の静寂。しかし、それはすぐに破られた。

「本当に今更だな。最初《はな》っからそのつもりだよ」

「大丈夫ですよ！　いやまぁ、戦うのは厳しいかもですが、それ以外はなんでも！」

「こういうときくらいは任せなさいよ、ねぇ？」

「補助は私が出来ますし、安心していただいていいかと」

「アタイを誰だと思ってんだ。そもそもワクワクしてんだから、気にすんなよな」

「こういう経験、一度してみたいと思ってたのよね」

「クルルル」

「わんわん！」

口々に言う俺の家族たち。俺は目から零《こぼ》れそうになるものをこらえながら、頭をあげる。

さて、ウジウジとするのはここまでだ。やると決めたことを、しっかりこなそう。俺たちの〝いつも〟に戻るために。

4章　魔物退治

「軍隊だと弓兵を前にして、射掛けたら下げる、んで槍兵《やり》で槍ぶすまを作って徐々に前進ってのが普通か」

「そうだな」

俺が言うと、ヘレンが頷《うなず》いてくれた。向こうはワンマンアーミーみたいなもんだし、こっちも少数精鋭の部隊として動くのもありかなと思ったわけである。

「じゃあ、どう動くかな……」

その辺に転がしてあった木の端材（井戸を作ったときのあまりかなにかだろう）を手に取って、ナイフで適当な大きさに切り分けてコマのような物を作り、テラスに並べた。

大きな一つ——邪鬼《トロール》だ——を置いたあと、少し離して小さめのを二つ並べて置く。

二つのほうを指差して俺は言った。

「サーミャとリディで弓手《きゅうしゅ》をやってもらうのはいいとして、洞窟の中だからな……」

「斜めに射つのは難しいでしょうね」

「うん」

リディの言葉に俺は頷く。曲射は無理だろうなぁ。直射してもらうしかないが、それも常に射線が確保できるとは限らないのだ。

ヘレンが二つのコマから指を大きな一つに動かして言った。

「それでも、次に矢が飛んでくるかも、って意識させるのはいいと思う。まぁ、アタイ達が取り付いたら射《う》ちにくくなるけど、二人とも隙があったら狙ってほしい」

誤射を考えれば、味方が接近戦をしている最中に投射武器で攻撃するのが褒められたことでないのは言うまでもない。

にも拘《かか》わらず、ヘレンがサーミャとリディに頼んだということは、それだけ実力を買っているということだろう。二人とも力強く頷いている。この二人なら滅多なことにはなるまい。

「あとはもう俺たちでワッとかかるか？」

俺はサーミャとリディのコマの後ろに、四つを置いた。並んだコマを見てヘレンが言う。

「うーん、同士討ちにはならないと思うけど、リーチの差はどうかな。ディアナは槍は全然だっけ？」

一番得意な武器を構えた状態でリーチが長いのは勿論アンネだ。巨人族の身長に長く大きな両手剣。短槍と同じくらいある。

ヘレンはショートソードなので武器としてはリーチが短い。ただ、それを補って余りある速さを持っている。大黒熊《おおくろくま》もあっさりと斬り捨てた〝迅雷《じんらい》〟の真骨頂だ。

この二人は槍を持っていく必要はあるまい。槍と同じリーチか、それくらいの間合いは一瞬で詰めて再び離れられるという二人だ。

となると、槍を持っていくのは俺とディアナということになる。しかし、全然使えない物を持っていってもデッドウェイトになるだけで、それも意味はない。

俺が聞かれないのは魔物討伐のときに使ったのが槍だったからだろうな……。

「うーん、全く使えないってことはないわね」

「じゃあ持っていこう。出来るだけ離れて戦えたほうがいい。ディアナとアンネは牽制《けんせい》だけしてくれれば大丈夫だから」

ヘレンがテキパキと指示して、ディアナとアンネも頷く。やっぱり、こういうのはプロに任せるに限るな。

「じゃあ、接近してやりあうのは俺とお前ってことか」

「おう。よろしくな、相棒」

ニィッとヘレンが笑った。引き受けたのは俺だし一番危険なところに回るのは、言われずとも立候補するつもりだったし、そばに最強の傭兵《ようへい》がいてくれるなら心強い。

「よし、じゃああとは実際に動きを確認しよう」

俺が言うと、皆は互いに顔を見合わせる。その顔は、決意に満ち溢《みあふ》れている。

ヘレンにコマを動かしてもらって動きを確認したあと、庭にデカい丸太――切り出してそのままにしてあった材木――を立てて、邪鬼に見立てて訓練することにした。

仮想邪鬼からかなり離れて、俺とヘレンが先頭、次がサーミャとリディ、最後尾にアンネとディアナという隊列を組む。

入り口までのリケとクルルとルーシーは見学である。適当に遊んでいてもいいと言ったのだが、クルルとルーシーが見たがったそうなので、そのままだ。

得物はヘレンがショートソード二振りとメイス、俺は槍と薄氷《うすごおり》、サーミャとリディが弓。アンネが大剣と投槍《なげやり》、ディアナが長剣と槍である。

仮想邪鬼に向かって少しずつ近づいていく。弓で直射出来る距離まで近づくと、ヘレンが合図してサーミャとリディが前に出た。俺とヘレンはその真後ろに付く。

サーミャとリディが仮想邪鬼に向かって弓に番《つが》えた矢を放つ。ほんのわずかに弧を描いて、矢は丸太の上のほう、頭部と見立てたあたりへ二本とも命中した。実戦でもあのあたりに命中して終わってくれれば楽なんだがなぁ。

「さがれ！」

ヘレンが大声で叫んだ。サーミャとリディを下がらせる合図だ。合図に従って二人は後ろに下がっていく。その間隙を埋めるように俺とヘレン、そしてアンネとディアナが前に出た。

その状態で全員前に進んでいくと、

「しゃがめ！」

ヘレンが再び号令をかけた。俺とヘレンがしゃがみ、直後アンネが投槍を投擲《とうてき》する。

この投槍は命中ではなく牽制を期待してのものだ。これで邪鬼がたたらを踏んで、一時的にでもその場に留《とど》まるようであれば、その瞬間にサーミャとリディが再び射掛ける手はずになっている。

移動も邪鬼がこちらへ向かってくるようなら行わない。

アンネが放った投槍は仮想邪鬼の中ほどに命中した。貫通こそしていないがかなり深々と刺さっている。もしこれが実戦で起きれば、致命傷ではないもののかなりのダメージを負うはずである。

しかし、実戦で必ず起こるとは限らないことを期待して戦術を組み立てるわけにはいかない。

ここまで命中したものも、すべて命中しなかったものとして、つまり、邪鬼が無傷であるものとしてやっていくべきだろう。

「かかれ！」

投槍が命中した直後ヘレンは号令をかけた。その瞬間、彼女の姿が掻《か》き消える。〝迅雷〟の二つ名の由来を見せつけるかのように、彼女は一瞬で仮想邪鬼への間合いを詰める。

俺を含む前線組三人は左右に散って、ヘレンを追いかけるように仮想邪鬼に駆け寄る。その間、ヘレンは立ち位置を変えながら撫《な》でるように仮想邪鬼の表面を斬りつけ続けている。

ここは申し訳ないが、あの剣でヘレンが本気で斬りつけると丸太くらいなら一瞬で細切れにされてしまうので、手加減をお願いした。

これまた邪鬼が実戦で細切れになって消えてくれるなら、それに越したことはないのだが、あっさりそうなるとも思えないので俺たちも戦闘に加わる場合を想定する。

ブゥン、と音がしてアンネの大剣が振り下ろされる。空気どころか空間ごとぶった切られそうな、重みののった一撃。それは仮想邪鬼を両断した。斬るというよりは完全に砕いている。

「やめ！」

ヘレンの号令がかかり、俺とディアナは仮想邪鬼が両断されているのも構わず槍を突き出した格好で止まった。もちろん槍はどこにも刺さっていない。

俺もディアナも槍を引っ込め、皆もそれぞれに構えを解く。

大して動いていないはずだが、槍と刀をさげての短距離走はなかなかだった。少し乱れた息を整えながら、俺はヘレンに聞いた。

「どうかな」

「全部上手《うま》くいけば瞬殺もいいとこだな」

「だなぁ」

俺の見たところ、並の相手なら少なくとも四回は死んでいる。

「まぁ、そうそう上手くいくとも思えないし、あともうすこし試したいな。矢じりはいっぱいあるんだよな？」

「ん？　ああ。合間を見て作ったのがそれなりの数あるはずだが」

「じゃ、それを使ってアタイ達が動いてる間の援護射撃の練習をしよう。さっきのを見てたらサーミャもリディも当てられそうだし。当たったら痛いだろうけど、丸めてあれば大怪我《けが》にはならないだろ」

ヘレンの言葉を聞いて、全員が了解の声を返す。俺はふと空を見あげた。今日もいい天気で、ここらには日が差している。なんとなく、その中天にはまだ早い太陽の光が、俺たちを応援してくれているような、そんな気がした。

昼飯前に、ざっと援護射撃の訓練をした。矢じりを鈍《なま》らせた矢をいくつか用意して、サーミャとリディに渡す。

ヘレンを除く前線組三人が新しく用意した丸太の周りを取り囲み、ちょこまかと動き回る。

「よっ」

俺は刺さらない程度に槍を突き出したりする。隣にアンネがいて、彼女が振り回す大剣のリーチも考えて動かないといけないので、こっちはこっちで気楽というわけでもないな。

丸太は攻撃してこない。なので、ヘレンが木剣でちょっかいをかけてくるようにした。突きおわった隙を狙ってきたり、狙ってくるだろうなというタイミングを絶妙に外してきたりと、なかなか厄介だ。

そんな中、槍から俺の手にすごい衝撃が伝わってくる。ヘレンがはたき落とそうとしているのだ。俺は即座に槍を捨て薄氷に持ち替える。

これも訓練の一つで、下手に踏ん張って手を怪我したりしないよう、また槍が使用不能になった場合に即座に持ち替えられるようになるためだ。前の世界で言えばライフルで排莢《はいきよう》不良が起きたら、即座に拳銃《けんじゆう》に持ち替えるようなものである。

そんな攻撃を俺たち三人にして平気な顔をしているのだから、〝迅雷〟の二つ名と最強との呼び声は伊達《だて》ではないということだろう。「あいつ一人でいいんじゃないかな」という言葉が脳裏をよぎるが、そういうわけにもいかないだろうな。

サーミヤとリディに対してヘレンからの号令はない。各自の判断で射て、ということだ。俺たちがヘレンを相手している最中、俺とアンネの間が大きく空いた瞬間に、鋭い音を立てて矢が丸太めがけて飛んでいく。

飛んでいった矢はガツッと鈍い音を立てて、丸太の上半分あたりに命中した。矢じりを鈍らせているからだろう、刺さることはなくそのまま地面に落ちる。

弓矢組は慎重に射っているのだろう、一度も前線組に当たることなく、全てを射ち終えた。

時間的には日が中天を少し過ぎたあたりだ。休憩を入れるにはちょうどよいだろう。そろそろ腹も減ってきたことだし。

俺はみんなに声をかけた。

「そろそろ昼飯にするか」

『はーい』

訓練とはいえ戦闘のあとの張り詰めた感じが一気に弛緩《しかん》していく。見学していたクルルとルーシーも、そこらを駆け回って喜んだ。


「そういや、エイゾウとリディが討伐に行ったときはどんなだったんだ？」

テラスで昼飯を頬張りながら、ヘレンが言った。クルルとルーシーは既に食べ終わって（クルルは元々食事量が極端に少ないのもあるが）再び二人でかけっこをしたあと、庭の端の日が当たらないところへ行って、お昼寝を始めている。

ちらっとリディのほうを見ると彼女が頷《うなず》いたので、口の中のスープを飲み込んでから、俺は口を開いた。

「あのときはそんなに広い洞窟《どうくつ》でもなかったし、なによりゴブリンがやたらいたな。そっちは兵士の人達に任せたけど」

「私達で大きいのを仕留めたんです」

「最初リディの魔法で倒したかと思ったんだけどなぁ」

あれもなかなかのものだった。「やったか⁉」と叫ぶのは自重したが、結果的には同じ話だったなぁ。

「結局仕留めきれなかったですね」

「ヒヤヒヤしたよ」

俺はカップに注《つ》がれている茶を一口啜《すす》った。

「まぁ、なんとか俺が槍《やり》で仕留めたんだけど。ああでも、とどめは結局剣だったな。真後ろに飛んだところへ槍を投げて、そこから剣で攻撃を重ねて倒れたところでとどめをさした」

「へぇ」

ヘレンが興味深そうに相槌《あいづち》を打った。

「結局、とどめはささないといけないのか」

「ぽいな。心臓なんかもないみたいだが、首を切ったら消えたし、ゴブリンたちは兵士が心臓を突いたりしたら同じことになってたから、特別『ここを狙わないと効果がない』みたいなのがあるわけでもないらしい」

「食事と呼吸をしないのと、血が流れない以外は普通の生物のように振る舞いますよ。弱点……と言っていいんでしょうか、急所も普通の動物と変わりません」

「なるほどな」

俺のあとをリディが引き取り、ヘレンは腕を組んでしかつめらしく頷いた。魔力から発生する魔物って本当に不思議生物だな。いや、生きてはないのだったか。あくまで生きているかのように振る舞うだけで。

「まぁ、吸血鬼みたいなものがいたとして、そいつがどうなってるのかとかはわからんけどな」

「吸血鬼っておとぎ話の？」

「ああ」

ヘレンが聞いて、俺は頷いた。頷きはしたが、おとぎ話に出てくるのは知らなかったので、半分出任せではある。

しれっと言ったので、サーミャの嗅覚《きゅうかく》にも引っかからなかったらしい。横目に様子をうかがうと、彼女は三枚めの肉に取り掛かっているところで、何の反応もしていない。

リディも何も言ってこないので、認識としては正しいのだろう。

「邪鬼《トロール》もとどめはささないとダメかな」

「たぶんね。首を刎《は》ねるなら……アンネの出番かなぁ」

俺の言葉にアンネがスプーンをくわえたまま、こちらを向いた。おひいさま、はしたのうございますぞ。

どれくらい首が太いかはともかく、転がしてしまえばアンネの大剣で断てない首はないだろう。

俺の特製かつ巨人族の腕力、そして剣本来の重量もあるのだ。前の世界で「実際に〝魔女〟の首を刎ねた」という〝処刑人の剣〟を見たことがあるが、あれと比してもかなり大きいし。

「まぁ、動きを止めるのは俺とヘレンの仕事として、最後を頼むかもしれないってことだ」

アンネはそのまま頷いた。午後はそのあたりの訓練も含めよう。俺がそう言うと、ヘレンも頷く。

さて、昼飯を片付けたら訓練をして万全に少しでも近づけていくか。

頂点付近に矢が刺さった丸太の下部に、俺は槍を突き刺した。ディアナも俺と反対側を同様に突き刺している。

その間を一陣の風が過ぎ去る。ヘレンだ。彼女はその勢いのまま、丸太を蹴《け》りつけた。ズシン、と音がして丸太が地面に倒れる。俺とディアナはそれに合わせて槍を抜き、今度は丸太の上部に突き刺す。

直後、大剣を振りかぶりつつアンネが駆け寄り、丸太が邪鬼であれば頭にあたるだろう付近へ振り下ろす。地面が揺れたかと思うような音がして、イマジナリー頭部は砕け散った。

動きを止めるところまでは午前中と同じだが、そのあとヘレンが地面に倒してからアンネがとどめをさす流れを、昼食後に動きを確認して練習している。これはその一回目だ。

「一回目にしては動きがいいな。普段、狩りで連携取ってるからかな」

「ああ、それはありそうだ」

互いに肩で息をしながら、俺とヘレンは会話を交わす。午前中もいい動きをしているなと思っていたが、普段から狩りであれこれ連携しているのが、こういうときに役に立つんだな。

刺さったり弾《はじ》かれたりしている矢をサーミャとリディが回収しているのを横目で見ながら、俺は言った。

「俺が足を引っ張らないようにしないといけないな」

狩りに出ていないのは俺とリケの二人だ。アンネだって何回か狩りに出ていて、勢子《せこ》やなんかを務めている。問題が起きるとしたら、おそらくは連携に慣れていない俺のところでだろう。

「ちょっと間を広く取って、後ろにいたほうがいいかな」

「んー」

ヘレンは腕を組んだ。ガシャリと身につけたものが音を立てる。

「エイゾウはアタイとやりあえるくらいだから、なるべく前にはいてほしいんだよな」

「ふむ」

戦力、と言っていいのかどうかはわからないが、そういうものでうちの家族に順位をつけるとしたら、チートをもらっているからではあるがヘレンの次が俺であることは間違いない。

その後は接近戦でいうならディアナだろう。しかし、そこまでは大分隔たりがある……らしい。前にヘレンがそんな事を言っていた。

となれば、ここで俺が後ろに下がって、その分戦力を減じてしまうと痛いのはわかる。

「〝首を落とせば勝ち〟なんだから、ある程度エイゾウに合わせて周りが動いたほうがいいと思う。多少動きが悪くなったとしても、エイゾウが抜けるよりはいいはずだし」

「なるほど」

戦闘のプロがそう言うのであれば、俺はそれに従うだけである。専門家の言うことは素直に聞いておくのが一番だ。

「よし、それじゃあもう一回やるか！」

ヘレンがパンパンと手を叩《たた》き、俺達は「うぇーい」と少々気の抜けた返事をしながら、配置に戻った。


それから手頃な丸太がなくなりそうなくらいの回数練習をした。ヘレンが丸太を倒す方向も毎度違っていたし、丸太を倒さないパターンや槍だけで仕留めるパターン、それにあまり想定したくはないが、数名戦闘不能になった場合も考えて動きを確認した。

そこでハッキリわかったことがある。

「わかっていたけど、想定上はヘレンが倒れたらガタガタだな」

「そりゃあ、自分で言うのもなんだけど、アタイだからなぁ」

ヘレンが倒れたという想定で、仮想邪鬼としてヘレンが全力で俺たちにちょっかいをかけた結果、ほとんど手出しが出来ずに撤退の選択肢を選ぶ他なくなってしまった。

援護射撃の練習のときもちょっかいをかけてきていたが、あれは本気ではなかったということだろう。

「再挑戦が何回出来るかはわかんないけど、アタイが倒れたら一旦《いったん》退《ひ》いて態勢を立て直したほうがいいだろうな」

「そうだな」

「そのときはちゃんと回収してくれよ？」

「当たり前だろ。無理してでもそうするさ」

俺がそう言うと、ヘレンは少し顔を赤くして、「へへっ」と笑った。

俺は全員を一旦丸太のところに呼び寄せた。丸太はやはり天辺《てっぺん》あたりが砕けている。俺とサーミャ、ヘレンにクルルとルーシーは地面に直接座り、他のみんなは丸太に腰掛ける。

「撤退のときについて、ちゃんと確認をしておこう。ヘレンが戦闘不能になったら即座に撤退する」

俺が言うと、全員が頷いた。わかっているのかいないのか、クルルとルーシーも返事をして、俺は思わず笑みをこぼす。

「次に俺とディアナかアンネのどちらかが戦闘不能になったとき、この場合も撤退だ。態勢を立て直す」

再び全員が頷く。

「あとはそうだな……」

「あとは適宜判断だけど、状況が酷《ひど》くなりそうなら撤退する。命があれば再挑戦もできるし」

俺が言おうかなと思っていたことをヘレンが言ってくれたので、俺は大きく頷いた。

気がつけば日がだいぶ傾いていて、夜がもうそこまで来ている。時間は限界か。あとは明日、本番で上手くいくことを祈るしかないな。

俺が訓練の終了を皆に告げると了解の声が返ってきて、各々身体《からだ》の汚れを落としに家に戻っていくのだった。

◇　◇　◇

翌朝、朝飯は軽めにしておいた。まぁ、あまり食わないほうが動きやすいとかそういう話ではなく、単にヘレンを除く皆が緊張であまり食えなかっただけなんだが。

ヘレンはさすが本職というべきか、普通にモリモリ食べていた。

「さすがだなぁ。緊張はしてないのか？」

「いや？　普通にしてる。やりあったことのない相手だし。緊張してるかどうかと胃袋を切り離せるようになっただけ」

俺が聞くと、ヘレンは事もなげに言った。その言葉を態度で表すかのように、無発酵パンの二枚めに取り掛かっている。

「食えるときに食っとかないと、次いつ食えるかわかんないことが多かったからな」

「なるほどなぁ」

ここに住むようになってから随分穏やかになったが、ヘレンはプロの傭兵《ようへい》である。場合によっては数日飲まず食わずということなんかもあったのかもしれない。その結果、いかなるときでも食えるなら食っておけ、となったのだろう。

色々頼まれすぎとはいえ、基本的には鍛冶屋《かじや》のオヤジである俺が常在戦場の心構えである必要はないと思うが、こうやってプロがその心構えでいてくれるのはなんとなく安心感がある。

「緊張しすぎもよくないけど、相手をナメてかかるのはもっとよくないからな。皆も……もうちょっと緊張をほぐしてもいいとは思うけど、昨日やったことを思い出して動けば滅多なことにはならないさ」

素早く二枚めのパンをスープで飲み込んだヘレンがそう言った。皆の間の緊張した空気が多少ほぐれたのを感じる。専門家のお墨付きの効果だな。

傭兵時代にもこうやって新人を励ましたりしたんだろうか。あるいは自分がそう励まされてきたとか。

俺は「さて、準備準備」と慌ただしく席を立つヘレンを見ながら、そんなことを思った。

鍛冶場に柏手《かしわで》の音が響く。家族全員フル武装状態で手を合わせる。今日願うのは言うまでもなく、皆の無事と邪鬼討伐の成功だ。最優先はもちろん皆の無事である。

しんと静まり返る鍛冶場。身じろぎ一つすることなく、皆願っている。大丈夫だとは思っていても、万が一が起こらないでほしいのは皆変わらない。

やがて、誰からともなく一礼をした。ガチャッと音を立てたのはヘレンの胸甲だろう。皆の装備もそれぞれの音を立てている。

顔をあげて神棚を見ると一瞬、女神像が輝いているように見えた。誰も反応してないし、日がよく当たるような場所でもないので気のせいだろうが、祝福されたような気分にはなれたし、上手くいくような不思議な確信がある。

……太陽の光を反射させて、朝夕拝む時間だけ光が当たるようにするとかはありかもしれんなぁ。

そんな益体もないことを考えられるくらい、緊張がほぐれてもいる。これ以上ない御利益だな。

「火の始末はできてるな？」

「できてるわよ」

「戸締まりは確認したか？」

「はい。鍵《かぎ》は私が持ってます、親方」

いつものお出かけのときのようなやりとり。皆無事にここへ帰ってくると決めたのだから、当たり前のことではある。

クルルとルーシーも小屋から出て、二人とも俺たちのそばでお座りをした。俺たちの緊張と決意が伝わっているのだろうか、なんとなしに顔がキリッとしているように見えなくもない。

ディアナがそっとルーシーの頭を撫《な》でる。クルルもアンネが頭を撫でてやっていた。

それから時間にすれば五分もかかっていないのだろうが、それよりも遥《はる》かに長いように感じられる時間が過ぎていく。ジリジリと暑さが身体に染み込んで来るような気がする。

水は持ったっけ、自分が水筒を荷物に入れたかどうか思い出そうとしていると、空中から滲《にじ》み出《で》るように女性が姿を現した。

この〝黒の森〟の主である樹木精霊《ドライアド》のリュイサさんだ。〝大地の竜〟（の一部）でもあり、今回の邪鬼《トロール》討伐の依頼主でもある。

リュイサさんは挨拶《あいさつ》もそこそこに話を切り出した。

「おはよう。早速案内をしようと思うけれど、準備はいいかい？」

俺たち家族は無言で力強く頷《うなず》く。リュイサさんは満足そうに微笑《ほほえ》んだ。

「ありがとう。それじゃ、向かおう」

俺たちは再び頷き、リュイサさんを先頭に歩き出す。俺たち家族全員の覚悟の一歩が今踏み出されたのだった。


俺たちは狩りのときにもしないようなフル武装をして〝黒の森〟を進んでいく。いつもなら狼《おおかみ》の群れに当たらないか、猪《いのしし》や大黒熊に出くわさないかを警戒しながら進むのだが、今は違う。

俺たちの装備が大きな音を立てて、熊除《よ》けの鈴のようになっているからということもあるが、一番の理由は先導しているのがこの森の主――リュイサさんだからだ。

まさか森の主にちょっかいをかけようというものはそうはいまい。いたとすれば澱《よど》んだ魔力から生まれた魔物くらいだが、今回、邪鬼を感知したということは、ある程度以上であればリュイサさんが感知できるはずで、そこはリュイサさんにおまかせすればいい。

ちなみに、現地までテレポートみたいなもので移動せず、徒歩で移動しているのはなぜかというと、「自分一人ならともかく、他の人間を伴う場合は色々問題があるし手間がかかるから」だとか。

俺は思わず、「他人を伴うときはテレポート利用許可申請書を書いて捺印《なついん》と上司の承認が必要」

みたいなイメージをしてしまった。まだまだ前の世界の感覚が抜けていない。

「こういうときにリュイサさんに聞くのもどうかとは思うんですけど」

「おや、構わないとも」

見た目には平和そのものの森の中を歩きながら俺がおずおずと切り出すと、リュイサさんは気軽に応じてくれた。

俺たちの緊張をほぐそうとしてくれているというよりは、これが彼女の素に近いんだと思う。

「澱んだ魔力から生まれるにせよ、澱んだ魔力によって変性するにせよ、どうしたって魔物が発生してしまうのは仕方がないんですよね？」

「そうだね」

ジゼルさんたち妖精《ようせい》族がなるべく魔力の澱みが出ないように日々腐心しているらしいが、それでも全てを防ぎ切るのは不可能だ。……うちのルーシーのように。

「今回は厄介なのが発生したから我々の出番なわけですけど、そうでもない場合はどうしてるんです？」

「んー……」

リュイサさんは少し考え込んだ。知らない、というわけではないだろう。俺たちに言っていいかどうかを悩んでいるのだと思う。

「ま、君たちならいいか。私はどうもしない」

「えっ」

しれっと言い放つリュイサさんに俺は足を止めかけた。まさかの放置である。

「大抵は狼たちに当たって倒される。弱いのは鹿が倒してしまうし、ごくごく稀《まれ》にだけど出くわした獣人が片付けることもある」

俺は少し後ろにいるサーミャのほうを振り返った。目を丸くして首を横に振っている。少なくともサーミャは聞いたことがないのか。

「獣人が出くわすのは十年に一回もないから、サーミャは知らないかもね。そこに私は関与しないし」

俺の動きに気づいて、リュイサさんはそう付け足す。俺は少し身を縮こまらせた。サーミャは口を尖《とが》らせる。

しかし、鹿に倒されるくらい弱い魔物というのは若干語弊があるな、と俺は思った。

この森には角鹿と呼ばれる気性の荒い鹿がいる。サーミャによれば「結構厄介」らしいので、どちらかというと「魔物を倒してしまうような鹿がいる」のだ、この森には。

もしかすると角鹿がこの森にいる理由はそれなのかもしれない。大きな生命体としての森の自己防衛機能、それに角鹿が含まれるというのは、そう突飛な発想でもないだろう。

リュイサさんはクスリと小さく笑ってから続けた。

「多少強くても、大抵は熊が倒してしまう」

「なるほど。あれは強いですからね」

俺が頷きながら言うと、リュイサさんも頷いた。魔物になりかけていたのか、はたまた純粋に強かったのかはともかく、俺は一度、一対一でやりあったことがある。

最初に死ぬ可能性を考えたのはあのときだ。二回目はあっさり倒せてしまったが、あのときは俺一人じゃなかったし、ヘレンもいたから楽に思えただけで強敵であるのは間違いない。

魔力が動物に影響して生まれた魔物の場合はともかく、魔力から直接生まれた魔物の場合は〝死ぬ〟と雲散霧消してしまう。

それに当たった大黒熊はさぞかしガッカリすることだろう。多少の同情を禁じえない。

さて、翻って考えると今回俺たちが出張る理由とは、まぁわかってはいたし、やや遠回しに言われてもいたが、「熊でも倒せないから」だろう。

つまり、俺たちは少なくとも熊より強い相手を退治しに今向かっているわけだ。

だろうなとは思っていたし、その想定で昨日一日訓練をしたわけだが、いよいよ実感が増してきた。

俺たちは小鳥や獣の声が響く森の中を進んでいく。この〝いつもどおり〟を壊させない。そのために。


しばらく森の中を歩いたが、まだもう少しかかるとのことだったので小休止を挟む。俺たちは持ってきた水で水分を補給することにした。

皆水筒を下げているが、今はクルルが背負った小さな樽《たる》から汲《く》み出している。いざというときに水筒の水が少ないという事態を避けるためだ。

今回の補給物資はクルルが背負っている。水の他には包帯代わりの清潔な布や血止めの薬草、それに洞窟《どうくつ》に入るから松明《たいまつ》などだ。一応干し肉も入れてあるが出番はないだろう。

干し肉でどうしても食事をしないといけないほど時間がかかるようであれば、一度戻って仕切り直したほうがいい。帰り道に少しでも腹に入れておきたければ出番かもしれないが。

「ふう」

俺は水を二口ほど飲んで、息を吐《つ》いた。道中はほぼ日陰だし風も吹いているので、夏の盛りではあるが思ったほど暑くはない。

だが、全く汗をかかずに行軍できるかというと、それは無理というものだ。それなりに体から水分が失われている。

「もう少ししたら着くから、もうちょっと頑張って」

リュイサさんが言うと、皆から「うぇーい」というような返事がある。変に緊張してるよりはこのほうがいいな。

「こんな近くに洞窟があるんだなぁ」

洞窟といっても山の中腹に穴が開いているようなものではなく、地面の裂け目のような感じらしい。降りていくためのロープなどは必要ないと言われた。

まぁ、降りるのにロープが必要なら、蜘蛛《くも》かなにかでもない限りは登るのにも道具が必要なわけだし、その場合こんな緊急に俺たちが倒しに行く必要はない。俺たちが行く時点で少なくとも出入りすることは自由な状態だと考えていいだろう。

「狩りのときはウロウロしてて、移動してるようでしてないからな。今は一直線に向かってるから、かなり遠くまで来てるよ」

「ああ、それはそうか」

水をゴクゴクと一気に飲んだサーミャが言って、俺は頷いた。狩りのときの目的は獲物を探すことだから、ある程度の範囲を決めてその中をウロウロすることになる。

翌日に回収することも考えたら、家からあまり離れたところまでは行かないのは言われてみれば当たり前だ。

それに今は装備を身に着けているとはいえ、重い荷物は全部クルルに任せているので、行軍速度が稼げている。思ったよりは遠くまで来ているというのも納得だ。

そういえば、以前に鉱石を探しに行ったときも、普段なら行かないような距離まで進んでると言ってたな。あのときと同じか。

時間にして十分ほど休憩して、俺たちは再び歩き出す。歩くにつれ最初は結構聞こえていた小鳥や獣の声が徐々に減ってくる。

やがて、小鳥たちの声が全く聞こえなくなり、なんだかんだ適当に話をしていた俺たちも皆口を噤《つぐ》んだ。俺たちの移動する音だけが〝黒の森〟に響く。

いよいよ近そうだ、というのを肌身で感じるようになってきた頃、リュイサさんが言った。

「着いた、ここだ」

そこには地面にポッカリと開いた穴がある。思っていたよりもかなり大きい。この大きさの穴が続いているならクルルも余裕で入れたかもしれない。今回はここでお利口さんでお留守番をしてもらうことになるが。

クルルから人数分の松明を下ろし、火を付ける。穴に松明をかざしてみると、斜めに下りていっているようなのがわかった。

「どう思う？」

「通れると思う」

念のため、ヘレンに聞いてみると、あっさりした返事が返ってきた。なら皆一緒に行くか。俺たちは顔を見合わせて頷いた。

「それじゃあ、行ってくるよ」

俺はここでお留守番になるリケとクルル、ルーシーに向かって言った。

「お気をつけて」

「クルルルルルル」

「わんわん‼」

リケたちが俺に言うと、リュイサさんが終始にこやかだった表情を引き締めて、俺達に頷いた。

「悪いけど、私もここで待っている。中に入ったらどこにいるかはリディがわかるはず。私が言うことではないかもしれないけれど、頑張ってくれ」

「はい。ありがとうございます」

手（や尻尾《しっぽ》）を振ってお見送りしてくれる皆を背に、俺たちは松明をかかげて、洞窟へと足を踏み入れる。

洞窟の中は当然ながら真っ暗で、照らす範囲以外には何も見えない。中の空気はひんやりとしていて、暑いときには助かるはずなのだが、どこか不気味さを感じてしまう。

俺とヘレンが最前、その後ろにディアナとアンネ、そしてサーミャとリディの順で進んでいく。

そして、澱んだ魔力を読み取れるリディが行く方向を指示するのだ。

長い時間をかけてじっと神経を集中させていたリディが大きな声で指示をした。

「そこは右です」

リディの指示で分岐を進んだあと、立ち止まって周辺を警戒する。

リュイサさんの話ではゴブリンみたいな小さいのはいないということだったが、いつ生まれているかもわからんし。

そのとき、松明の炎が俺たちの背後、つまり入ってきたほうに向かって揺れた。

「空気の流れはあるんだな」

「……みたいだな」

ヘレンは俺の言葉を聞いて、自分の松明を見あげた。その松明も入ってきた方向に向かって揺れている。これなら窒息する心配は今のところなさそうだ。

俺たちはゆっくりとゆっくりと、洞窟の中を進んでいく。積み重なってくる不安を、お互いへの信頼で振り払いながら。

俺たちはどんどん奥へと進んでいく。進んでいくにつれ、ひんやりと、しかしジメッとした風が俺の肌を撫《な》でる回数も増えてきた。

こういった洞窟は魔力が澱《よど》みやすいと聞いた。俺がついていった遠征のときも、こんなふうに風は動いていたが、魔力の澱みやすいらしい洞窟だったな。

「魔物が出るってのがなけりゃ、こういうところで物を冷やすのはありなんだけどなぁ。それか氷があれば持って帰るんだけど」

俺がふと漏らした言葉に、ヘレンが食いついた。

「冷やしてどうするんだ?」

「冷やしたほうが食い物とか保《も》つんだよ」

「へえ」

この〝黒の森〟は広い。探せばもっと気温の低い氷穴のようなところもありそうだ。

そこで直接保存するなり、氷があれば切り出してくるなりして食品なんかを保存できればいいのだが、この世界ではそういった場所には魔物が湧きやすいのがネックだな。

うちは街から離れている。畑や狩りの獲物で新鮮なものが手に入るが、それでも基本的には乾燥させたり塩漬けにした保存食が中心になっている。

もし、氷で食品を保存できるようになれば、うちの食生活も広がりそうなんだけどなぁ。

「冬場のほうが多少長持ちするだろ?　あれと同じだよ」

「ああ、そう言えばそうだ」

「それに冷やしたほうが美味《うま》いものもある」

「ほほう」

一部の果物なんかは冷やしたほうが俺は好きだ。

それに、アイスクリームみたいなものはそもそも低温でないと作れないからなあ。素材がそれなりに入手できるなら作ってみることも考えるのだが。

「うちには氷室があったわよ」

会話に入ってきたのは俺達の後ろにいるアンネだ。そりゃ帝国の宮殿ともなれば氷室もあるか。

「氷室？」

サーミャが聞き慣れない言葉を耳にして首を傾《かし》げる。この間も全員周囲に目を走らせ気配を探ることは止《や》めていない。

「冬の間に雪とか氷とかをそこへしこたま詰め込んで、夏に取り出したりするのよ」

「えっ、アンネん家《ち》はそんなんがあるのか」

「そうね」

アンネが頷《うなず》く。サーミャは「ほへー」と感心しきりなようだ。

「ディアナのところは……なかったみたいね。あんまり驚かないところをみると、エイゾウのところにもあったのかしら」

ディアナは小さく首を横に振った。王国の伯爵家にもないとなると結構貴重な設備だと言える。

まぁ、冬のものを夏まで保存しようなんて贅沢《ぜいたく》がそうそうできるわけもないか。

そして俺の場合、あったかどうかで言えば、あったと言うしかないだろう。三ドアでちょっと大きめのいいやつが。そう言えばあれ、前のが壊れて買い替えてからそんなに経《た》ってなかったな……。

「うちにはなかったけど、知り合いのとこにはあったからな」

俺はとりあえずそう言っておく。どうやら結構上のほうの貴族の出だと思われているっぽいし、これで通用するだろう。そんな俺の思惑どおりか、はたまた違うのか、アンネは「ふぅん」とだけ返してくる。

そんなくだらない話を遮るかのように、リディが緊張した声で言った。

「……いますね」

今まさに分岐が見えて、態勢を整えようとしているところだった。

今まではどの道の先にいるのか特定するのに時間が掛かっていたりしたが、それも徐々に短くなってとうとう分岐より前にわかるようになった。

いよいよ、ということだ。念のため、鼻が利くサーミャを前に出して臭いを確認してもらう。

やがてサーミャは小さな声で言った。

「臭いはしてこないな……でも気配はうん、なんとなくわかる」

魔物は生物とみれば殺す。だが食ったりはしないので、うっかり迷い込んで殺されてしまった生物がいれば、それに関連する臭いがしてくるはずだし、もしも邪鬼《トロール》が生物に倒されていれば、その生物の臭いがするはずだ。

そのどちらもなく気配があるということは、おそらく邪鬼はこの先で健在ということだろう。

「今のうちに最終確認をしておこう」

ヒソヒソ声でヘレンが言った。もう既にガシャガシャと音は立てているので今更ではあるのだが、大声で会話する必要もないからな。

俺たちは頷いて、自分の身の回りを確認する。ややあって、再び皆で顔を合わせると頷き、昨日の練習どおりの隊形に並び直す。

「よし、あとは手はずどおりに行くぞ。前進！」

ヘレンが号令をかけた。俺たちは雄叫《おたけ》びこそあげなかったが、どこか高揚した気持ちで決戦場へと足を踏み入れた。

5章　小さな軍隊

俺たちは進んで来たときとは隊形を変え、俺とヘレンを先頭に、サーミャとリディ、アンネとディアナの順で進んでいく。

皆押し黙り、言わずとも歩調を揃《そろ》えていて、今だけを見ると小さな軍隊のようだ。

そのまま、通路のようになっているところを抜ける。そこはいかなる要因によるものか、薄明るくなっており、ぼんやりとだが広い空間であることがわかった。

「うっ」

その声を発したのは俺だったか、それとも他の誰かだっただろうか。それくらい無意識に漏れた声。臭いではない。濃密ななんらかの気配。リディに確認するまでもない。いる、いるのだ。

「松明《たいまつ》！」

鋭い、しかし沈着冷静なヘレンの声が空間に響いた。全員が松明を放り投げる。投げられた松明は地面に落ちてなお、あたりを照らす。

すると、空間の明るさが一気に増した。

どうやら、この空間にはヒカリゴケのような植物が生えているらしい。ヒカリゴケ（仮）によって俺たちが持っている松明の明かりが反射、増幅されて壁面や地面の一部が明るくなっている。もっと暗い環境での戦闘を覚悟していたが、これはありがたい。

空間は大きなホールのようになっていた。天井はヒカリゴケ（仮）があまり生えていないのか、暗くて高さがわからないが、広さはかなりあるらしい。奥のほうまでは光がちゃんと届いていない。

地面は多少の凹凸はあるにせよ、走ったり踏ん張ったりするのには支障なさそうだ。

そして、その空間の中央に佇《たたず》む巨体。邪鬼《トロール》だ。ゴツゴツとした肌が、ややもすると肥満体と取れるような身体《からだ》を覆っているが、衣服は身にまとっていない。

身長はアンネよりも更に高く、その手にはどこから調達してきたものか、岩のように見える素材の棍棒《こんぼう》を携えている。

鼻そのものはないが、鼻孔らしき穴のある、乱ぐい歯をむき出しにした顔面には、なんと目がなかった。

「日の光で弱体化、というよりは目がないから外に出ると不利ってことか」

俺は誰に言うともなく呟《つぶや》いた。目の有無は遠距離で早期に獲物や敵を発見できるかどうかにもかかわってくる。夜間ならいざ知らず、昼間にノコノコと出ていけば袋叩《ふくろだた》きにあうだろう。

生物ではなく魔力から生まれた魔物なので、目がないのが進化の過程によるものかどうかはわからない。ホブゴブリンも感覚器官を使っているようだったし、そこらは生物と共通らしいのが救いだな。

理由はわからないが、なぜかこの状況にあってもぼんやりと佇んでいる。身体は俺達から見て斜めを向いているが、射撃するのに支障はなさそうだ。

「接敵！　射撃用意！」

相手が態勢を整えるのを待ってやる義理もない。

目標を認め、ヘレンが号令する。俺とヘレンは左右に分かれ、その間からサーミャとリディが弓を手に前に出た。後ろでガチャリと音がする。アンネが投槍《なげやり》を準備しているのだろう。

サーミャとリディは弓に矢をつがえ、弦を引き絞る。二つの弓はキリキリと力を蓄えた。

「放て！」

ヘレンの号令で二本の矢が空間を切り裂くように飛んでいく。矢は見事に邪鬼の頭に命中し、深々と突き刺さった。

「ギィヤァァァァァァァァァ！！！」

巨躯《きょく》に見合わぬ、空気を切り裂くような、悲鳴にも似た咆哮《ほうこう》を邪鬼があげた。これでそのまま倒れてくれれば、拍子抜けではあるが一番いい展開だ。

しかし、そんな淡い期待は打ち砕かれる。邪鬼は鼻孔を動かすとこちらに目のない禿頭《はげあたま》を向け、

「キャオオオオオ！！！」

さっきのとはまた違う咆哮をあげた。よく見れば耳朶《みみたぶ》もない。どうやら臭いだけでこちらを把握しているらしい。ズシン、と身体もこちらへ向ける。

「チッ、さがれ！」

ヘレンが舌打ちをして号令する。サーミャとリディは号令に従って素早く後ろに退いていく。邪鬼はこちらを向いて、もう一歩足を踏み出した。

「しゃがめ！」

サーミャとリディが俺たちより後ろに下がったのを確認して、ヘレンは次の指示を下した。俺とヘレンは素早くしゃがみこむ。

直後、ブンと低い音がして、銀色の光が一条、邪鬼へ向かって飛んでいく。こちらに来ようとしていた邪鬼は、その光を腹に受けた。三度《みたび》の咆哮。耳に心地よいとは言えない音が耳に叩きつけられる。

「前列前進！　やつの悲鳴だけなんとかなんねーかな‼」

ヘレンが号令と同時にうんざりした顔で愚痴を漏らす。

立ちあがり、槍を構えて前進しながら俺はヘレンに返す。

「同意するが無理だろうな」

「残念だ！」

ヘレンは俺に速度を合わせて進みながら言った。まだ愚痴を言ってやりとりする余裕があるなら平気だな。

邪鬼は腹に刺さった投槍を、棍棒を持っていないほうの手で掴《つか》んで抜いた。血液を巡らせている生物ではないので、血は出ない。

それはわかっていたのだが、そこに空いた穴がみるみるうちに塞《ふさ》がっていくのはあまり予想していなかった。

「澱んだ魔力による回復です！」

俺たちの後ろからリディが言った。ホブゴブリンも魔力で回復はしたが、ここまで速くはなかった。

「チッ、厄介だな」

ヘレンがぼやいた。俺は頷きながら叫んだ。

「リディ！　魔力はどうだ！」

「少し減ってます！」

リディの答えは多少ありがたいものだった。いずれ倒しきれそうではあるということだ。

「回復が速いからかは分からんが、やつの魔力も無尽蔵じゃなさそうだな」

「どうする？」

パッとヘレンを見た、目が「任せる」と告げている。実際、ここで立て直しを図るのも選択肢としてはありだろう。ここは考えどころだが、まごついている時間もあるまい。

「今ここで倒しきろう」

「了解」

俺の言葉にヘレンはニヤリと笑って同意する。傷が塞がった邪鬼は俺たちに向かって走りだした。

図体の割には素早いが、昨日一日だけとはいえ、俺達は〝迅雷《じんらい》〟の攻撃を受けてきたのだ、という自信が恐怖心を打ち負かす。

「止まれ！」

ヘレンの鋭い号令。俺たちは足を止めた。邪鬼はもうすぐそこまで迫ってきている。

俺たちはヘレンの次の号令を待つ。そして、それはすぐに下された。

「かかれ！」

号令と共に、ヘレンの姿が掻《か》き消えた。訓練のときとは段違いの速度で、一気に邪鬼との間合いを詰めた。

本来なら暗闇でのみ行動する魔物だ。嗅覚《きゅうかく》と皮膚感覚のみで相手を捉《とら》えて素早い動きで攻撃するのだろう。

しかし、今のヘレンはそれで捉えきれるような速さではない。

青い光が二条、邪鬼に向かって奔《はし》ると、邪鬼はろくに反応も出来ずに棍棒を持った右腕の肘《ひじ》から先を切り飛ばされた。

切られた腕はそのままサラサラと空気に溶けるように消えていく。

「よし！」

ディアナの声が響く。さすがにあれで仕留めきれないにしても、最大の武器を封じこめられたんなら上々だ。

と、思っていたのだが。

「薄々そうじゃないかとは思ってたけどな！」

俺は駆け寄りながら言った。邪鬼が耳障りな咆哮をあげると、右腕の肘から先がズルリと生えてきたのだ。後ろで息を呑《の》んだのはリディだろう。

前の世界のアニメなんかでは度々見たが、本物を目にするとものすごくインパクトがある光景だ。

「魔力を大量に使っています！」

リディの声が響いた。魔物は澱《よど》んだ魔力で回復も行う。俺がホブゴブリンと戦ったときも、少しの切り傷くらいなら回復していた。

今回のはそれどころの話ではないが、あれは澱んだ魔力を大量に使うことで高速回復しているのだろう。

腹に刺さった槍の穴がすぐに塞がったのもなにかの間違いではなく、同じ理屈で回復したに違いない。ゴブリンみたいな小物が湧いて来ないのも、そのあたりに理由がありそうだ。わざわざ実験しようとは毛ほども思わないけどな。

この場にどれくらい澱んだ魔力が残っているかわからないが、それが尽きるまでは回復し続ける可能性がある。なるべくなら持久戦は避けたいところなんだが……。

家を発《た》つ前の自分の見通しの甘さに苛立《いらだ》ちを覚える。弁当も含めてもう少ししっかり準備してくるべきだった。皆強いし、俺もそこそこだから意外とあっさり片付くだろう、と心のどこかでたかをくくっていたのかもしれない。

俺は頭《かぶり》を振った。反省はあとからすればいい。今はこいつを倒すことに専念だ。

「ヘレン！」

「わかってる‼」

鈍い唸《うな》りをあげて振り回される邪鬼の左腕を素早く回避しながら、ヘレンはその腕を切った。

今度は肩口からバッサリだ。邪鬼は回復を優先するかと思いきや、残った右腕をヘレンに振るおうとした。

しかし、鋭い音がして、その腕に矢が突き刺さった。サーミャとリディのどちらなのかはわからないが、訓練が奏功したと言っていいだろう。

邪鬼が苦悶《くもん》の声をあげて、腕を振るうのを止《や》めた。それにしてもあの声、ホントになんとかならんかな。「黒板に爪」クラスの不快感があるんだが……。

その隙を見逃すヘレンではない。三度《みたび》腕を切り落としてみせる。邪鬼は吠《ほ》えると両腕を復活させた。しかし、心なしかここに入ってきたときのような圧迫感はない。

両腕を復活させた直後、俺とディアナは槍を邪鬼に突き刺した。少しの抵抗感のみで、槍は邪鬼の身体へと穂先を潜り込ませていく。

ディアナはある程度のところで槍を邪鬼の身体から抜いて離れた。ヘレンは簡単に切り飛ばしているように見えるが、あの腕で殴られればただでは済まないだろう。なるべく間合いを空けて戦うべきだ。

一方の俺は出来る限り槍を突き刺した。危ないのは俺もそう大差ないが、さっきの腕のスピードなら、なんとか躱《かわ》せそうだ。それならば、なるべくダメージを与えられるほうがいい。

切り飛ばせばそこから先はなくなる。そして、そこを復活させるには魔力を消費する必要がある。多少持久戦になろうとも、常に魔力を消費する状況に持ち込むには、切り飛ばしてしまうほうが効率がよさそうだ。

深々と突き刺さった槍から手を離して、俺は腰に下げた薄氷《うすごおり》を抜き放つ。ヘレンの持つ二つの青の他に、もう一つ加わった。

動きが少し鈍った邪鬼は、ディアナの空けた穴を塞ぎ、俺が突き刺した槍を抜こうとしている。

その瞬間にヘレンが左腕と左足を、俺が槍を掴んだ右腕を切り落とした。

邪鬼はたまらずバランスを崩す。その瞬間を見て、俺は右足に斬りつけた。俺も体勢が悪かったのか、切り落とすまではできなかったが、深々と傷をつける。

鋭く息を吐くヘレンの声。

「フッ」

次の瞬間、邪鬼の頭は胴体と泣き別れになっている。

これまでは立っていた邪鬼も、流石《さすが》に大きな音を立てて地面に倒れた。

「アンネ！」

ヘレンの鋭い声。アンネは「フッ」と息を吐き、大剣を振り下ろす。頭も手足もほとんどがなく、唯一残った右足も動かないのでは避《よ》けようがない。アンネの大剣が邪鬼の胴体を普通の生物なら心臓があるあたりから両断した。

俺は叫んで注意を促す。

「油断するな！　倒せたなら全部が消えるはず！」

全員頷《うなず》きあうと、両断された胴体を油断なく取り囲んだ。少しの間固唾《かたず》を呑んで見ていたが、消えたのは胴体の下半分だけだった。という事はつまり……。

ズルリ、となくなったはずの胴体が再び生えてきた。間髪を容れず、アンネの大剣が邪鬼の身体を襲い再び両断した。どういう条件でそうなっているのかはわからないが、両断された上体の首から頭が生えてくる。

そちらはすごい速さでヘレンが切り飛ばした。あの声をあげられるのがよほど嫌だったのかもしれない。そうだったとしてそこには同意しかないが。

複数回胴体を両断されても、そのどちらからも身体が生えてくるということはない。

こうなってくるとほぼ勝負はついていた。再生する先から、俺、ヘレン、アンネの誰かが切り飛ばす。腕だけで活動する可能性もあるにはあるが、そこはディアナの槍とサーミャとリディの弓に任せる。

邪鬼は全ての部位を同時に再生させたりもしたが、胴をアンネが、片腕を俺が、残りの腕と頭をヘレンが素早く落としてしまうので、邪鬼は〝手も足も出ていない〟。

「いつまで復活するんだこいつは……」

ヘレンが愚痴をこぼす。彼女が首を切り飛ばすのも、もう何度目になるかわからないから無理もない。

勝負がついている、ということと、戦いがいつまで続くのかは関係ないのだ。邪鬼が雲散霧消するまで戦いそのものは続く。

救いなのは魔物なので血も出ないし、〝死んだ〟部位は消え去ることだ。

これが通常の生物なら切り飛ばすたびに、その部位が残り、あたりは文字通りの血の海になっていたことだろう。

とはいえ、何度も見たいと思うような光景でないのも確かだが。

「せいっ！」

これも何度目になるかわからないが、アンネが大剣を振り下ろした。またもや狙い過たず胴体を両断する。少しアンネの攻撃に遅れが生じてきているような気がする。

このまま俺たちが邪鬼を倒し切るのが早いか、俺たちの体力が尽きるのが早いかの持久戦になってきて、少し勝負の雲行きが怪しい。

俺も自分の薄氷を振るい、時間差で生えてきた腕を斬る。俺は違和感を覚えた。

「生えてくるのが少し遅いか？」

「そうだな」

俺が疑問を口にすると、ヘレンが今度は更に時間差で生えた頭を飛ばしながら同意した。となると……。

「リディ！」

「かなり減ってます！」

俺が叫んでリディに確認をすると、思った通りの答えが返ってきた。

邪鬼は周りの澱んだ魔力で再生する。再生する元になるものが減ってくればどうなるかといえば……。

「そろそろだ！」

「おうよ！」

俺がヘレンに声をかけると、また生えてきた頭を切り飛ばそうとした。

「⁉」

ヘレンの剣が切り飛ばそうとした首のところで止まっている。

いや、少し食い込んではいる。食い込んではいるのだが、今まで全て一撃で切り飛ばせていたものが出来なくなっている。

「クソッ！」

ヘレンは剣を引いて飛び退《しさ》った。首にあった切り傷が徐々に塞《ふさ》がっていく。

「何が起きてる⁉」

「わからん！」

ヘレンの悲鳴にも近い叫びに、俺は大声で返す。

まさか、ヘレンが疲れてミスしたのだろうか？　いや、彼女に限ってそれはないだろう。今日もこれまで何度も繰り返してきたのだ。疲れていても余裕で首を切り飛ばしてくれるはずだ。

それに彼女の反応がミスではなかったことを示している。

邪鬼は今度は腕を生やしはじめた。俺は慌てて薄氷を振るう。これも今日何度となく繰り返してきた動きだ。

このままなら確実に切り飛ばせる。俺は確信して、腕を振り抜こうとした。

しかし、薄氷の刃は邪鬼の腕の半ばまでも進まずに止まってしまった。力を入れてもそれ以上刃が進まない。

俺もヘレンと同じように薄氷を引き、腕から離れる。すると、首と同じように腕の切り傷も塞がっていく。

俺とヘレンはそのまま何度も首や腕に斬りつける。しかし、やはり切り飛ばすことは出来ない。それどころか、少しずつ切り込める深さが浅くなっていっている。

「これは……」

ヘレンのほうを見ると、彼女も頷いた。俺と同じことを思いついたようだ。

「耐性ができてきてるかもしれない！　このままだとジリ貧だぞ！」

ヘレンは叫んだ。俺と彼女以外の皆はどうしていいか分からず、まごついている。

「アンネ！　叩《たた》き潰《つぶ》してみてくれ！」

アンネは一瞬キョトンとしたが、すぐに頷いて両手剣を叩きつけた。

ただし、刃のほうではなく、幅の広い部分をだ。

うなりをあげて振り下ろされたそれは、邪鬼の生えてきていた腕を叩き潰した。頭は完全復活していないようで、あの耳障りな叫び声が聞こえてこないのは助かる。

「やっぱりか」

これまで邪鬼に対する致命傷は常に斬撃で与えてきた。土壇場になって、邪鬼が斬撃への耐性を入手したと考えれば、アンネの叩き潰し一発で、あっさりと腕が潰れたのも理解できる。

つまり、今は叩き潰しであれば有効な状態だ。

しかし、今アンネが持っている両手剣では全てを叩き潰すのに何度も殴りつける必要がある。

それでは今度は叩き潰しへの耐性を獲得してしまうだろう。弓矢や槍《やり》といった刺突武器でも耐性を獲得されるくらいに攻撃する必要がある。

「クソ、どうしたらいいんだ……」

俺は呟《つぶや》いた。まごまごしていたら、邪鬼はどんどん身体を修復していってしまう。

「ここまでやったのに……」

そう呟いたのは誰だろうか、俺も同じ気持ちだ。

「退くぞ！」

静まりかえりそうになった洞窟《どうくつ》内に、ヘレンの声が大きく響いた。

「リディ！　ヤツが完全に復活するまでには時間がかかるな？」

ヘレンがリディに振り返りながら聞いた。リディは大きく頷く。

「はい！　澱《よど》んだ魔力をかなり消費していますから、少なくとも一日は猶予があります！」

「よし！　立て直しだ！　対応は後で考える！　退くぞ！」

再びのヘレンの大声に、俺たち全員が大きく頷く。

邪鬼の様子を見ながら、素早く退却の準備を整えて、洞窟からなるべく早く立ち去るべく足を進める。

試合に勝って勝負に負けた気分、つまりは最悪の気分で俺たちは洞窟をあとにした。

洞窟からの戻りは比較的スムーズだった。脇目も振らず、魔物が湧いていないかと警戒することもなく戻ったからだ。

実際、行きと同じように特に危険なものはなかったわけだが、出てきたとして一瞬で倒されていただろうな。

やがて、前方に松明のものではない光が見えた。そこには四つの影。リケとクルル、ルーシーにリュイサさんだ。

四人とも俺たちの姿をみとめると、一瞬顔をほころばせたが、俺たちの様子を見てだろう、その顔はすぐに困惑に変わった。

「もしかして、ダメだったんですか？」

おずおずと聞いてくるリケに俺は小さく頷き、肯定する。

「途中から斬りつけようとしても刃が通らなくなった。どうやら斬撃への耐性ができたらしい」

俺の返事を聞いて、リュイサさんが片眉《まゆ》を上げた。

「こういう話を聞いたことは？」

リュイサさんは小首を傾《かし》げる。

「いや、今までそんな邪鬼は聞いたことがないな……」

「そうなんですか？」

俺が聞くと、リュイサさんは頷いた。

「もしそうなら、大黒熊《おおくろくま》が沢山かかっても倒せないって事になるだろう？」

「ああ、言われてみればそうですね」

「まぁ、そのときは私が対処することになるのだけど。それはさておき、邪鬼でそんな事態になった記憶がない」

「つまり、変性してしまっている？」

「おそらくはそうだね」

リュイサさんが言って、俺たちは言葉を失う。どう対応すればいいんだろうか……。

このままリュイサさんに任せるべきか？　いや、それも何か違うように思う。

「待てよ」

俺の口から思わず飛び出た言葉。それに皆の視線が集まる。

「叩き潰しは有効だったよな？」

「ああ」

ヘレンが頷いた。彼女も最前線で様子を見ていたからな。

「ということはだ、一撃かもしくは数撃で粉砕できるようなものを作ってそれで攻撃すれば……」

「なるほど、それなら倒せそう！」

ディアナがパチンと手を合わせた。

「問題はそんなものを作れるかどうかだけど……」

ヘレンがそう小さく言った。俺はそれを聞いてニヤリと笑う。

「俺を誰だと思っているんだ？」

チート頼りではあるが、必要なものが作製できるなら、そんなことはどうでもいい。チートだろうとなんだろうと利用して、結果をつかみ取るだけだ。

「親方ならできそうですね！」

朗らかな声でリケが言って、少しだけ笑い声が戻る。

「修理道具を持ってくればよかったな」

簡易の火床と板金がいくらかあれば、この場で作れたかもしれない。

今回は武器が壊れるようなことがあれば撤退ということで、用意してこなかったのだ。食い物なんかもほとんど持ってきていない。

これも、もし一日ここで過ごせるだけのものがあれば、例えばヘレンとクルルでひとっ走り家に戻って取ってくることが出来ただろう。

しかし、後悔先に立たずだ。やれることが決まっているなら、そちらを向こうじゃないか。

「そうと決まれば早速。それじゃリュイサさん、多分また明日」

「え？　あ、ああ」

そう言って、俺たち家族は家路につく。勝てはしなかったが、悲愴《ひそう》感はさほど大きくならずにすんだ。


「さて、忙しくなるぞ」

家に帰ってくると、日が落ちかけていた。朝一に出発したが、洞窟を探索し、戦闘をして帰ってきたわけで、そりゃあそれなりの時間が経過しようというものである。

クルルとルーシーはディアナとリディに任せて、俺はいきなり鍛冶場《かじ》のほうへ入ると手早く火床に火を入れ、ふいごに魔法で風を送る。

さすがに温度を上げるところまでは、俺の魔法では（リディの魔法でもだが）どうしようもないので、その間に作戦会議だ。

「大きさはどれくらいがいいかな？」

「アタイとエイゾウ、アンネが持てる最大の大きさだろうな」

「となると振れる限界の重さか」

板金を置いてあるところまで三人でいって、手に板金を抱えていく。やがて、それぞれ「これ以上だと振り回すには支障がある」というところまでになった。

ちなみに枚数が一番多いのはヘレンで、次に俺、そこに僅差《きんさ》でアンネだ。

俺より細く見えるヘレンだが、彼女の腕にしっかりと筋肉がついているのは知っていた。しかし、どこにあれだけの筋力があるのかと時折不思議になる。以前には、

「身体の使い方もあるからな」

とは言っていたが、それだけでもないような。いや今はそこを気にするときじゃないな。

「よしそれじゃ作るぞ！」

俺は肩をグルグル回して気合いを入れた。皆も「おー！」と意気軒昂《いきけんこう》だ。このノリのまま、一気に片付けてしまおう。

「こういう形状にしようと思うが、どうかな？」

俺はざっと紙にスケッチをして、皆に見せた。作ろうとしているのは形状としてはハエたたきの叩く部分が長いような感じのものだ。

叩き潰すのに特化した形で、それ以外には使いにくいし、普段の武器として使うのはなかなか厳しそうなので、終わったら鋳つぶして再び板金に戻すことになるだろう。

なので、数回ヤツをぶっ叩く間もてばよく、見映えは全く気にしない。

作るものの形を説明すると、リケが小首を傾げる。

「棍棒《こんぼう》やメイスじゃなくていいんですか？」

「それも考えたんだけどな」

手で持つ打撃武器といえば、棍棒やメイスがある。

今回のような場合なら、槍のような長い柄に打撃のための頭（しばしばスパイクの生えた凶悪な見た目をしている）がついているものも視野に入るだろう。

だが、今回は衝撃や骨の粉砕ではなく、肉体そのものを叩き潰すことが必要で、ならば広い面積が必要になる。

なので、今回に関してはこの形がよさそうなのだと、リケに説明すると、

「なるほど」

目を輝かせながらリケが手をポンと打った。

「まぁ、本当に今回こっきりの不格好なもんにはなるだろうが……」

「大丈夫ですよ！」

ずいと身を乗り出し、そう主張するリケ。こういうときに彼女にこう言ってもらえるのは助かる。

「よし、それじゃやるか」

リケにもらった分の心の火が消えないうちにやってしまおう。

今回のものは見映えや精度は気にしない。とにかく大きく硬く作れればそれでいい、という代物だ。

そうなれば、俺がもらったチートを全力で回転させることができる。今回は多少の時間はあっても、のんびりと過ごしていてもいいというわけではない。なので、出せる限界のスピードでもって作っていくわけだ。

だが、当然この大きさのものを俺一人で叩くのはいかにチートがあっても難しい。ゆえにリケに手伝ってもらう必要がある。

ありがたいことにリケは「これも修行」と喜んでくれるのだが、これに甘えすぎないようにしないといけないな。

そして……、

「親方！　速いです‼」

リケがそう言いながらも、かなりの速度で鎚《つち》を振り下ろしてくれている。振り下ろす場所は俺の指示によってではあるが、この速度では口に出して指示している暇はない。そこで、鎚で指示を出すわけだが、これも高速でやる必要がある。

つまり、リケは俺の鎚の指示を見て、どこに振り下ろせばいいかを自分が鎚を振り上げている間に判断しなければいけないわけだ。当然ながらこれは非常に難しい。

普段は一般流通のものでもクオリティが三でスピードが七くらいだが、今はスピードが九でクオリティが一くらいなので、かなりの速さなのだ。

しかし、リケはそれをこなしてくれた。作業が終わってから聞くと、

「戦いには参加できませんからね。ここで頑張らないと」

とのことだった。よく出来た弟子だと、本当にそう思う。

一つの作業をしている間に次の板金を火床で熱しておいて、温度が上がったら金床まで持ってきてもらい、とにかく叩《たた》いてくっつけて大きくする。

最後に持つところを棒状に加工して、革を巻いたらおしまい、という代物。本当に今回のためだけのものだ。

それでも三つ作るにはそれなりの時間を要した。

最後の一つの完成はもうすっかり夜も深まったころになってしまい、無理を言って皆には先に寝てもらって、俺が一人で仕上げをすることにした。

そうして、最後の一つの革巻きをしていると、鍛冶場と母屋を繋《つな》ぐ扉が開く。そちらを見ると、サーミヤが顔を覗《のぞ》かせていた。

「どうした、寝てなきゃダメだろ」

彼女は明日、マッシュ隊が接敵するまで、弓矢で牽制《けんせい》してくれる手はずだ。弓矢の操作は当然集

中力が必要になる。睡眠不足は大敵なはずだ。

「エイゾウはさ」

鍛冶場に入ってサーミャが言った。

「なんでアイツと戦うんだ？　放っておいて、よそを探したりしないのか？」

俺は革を巻きながら答える。

「まぁ、ここでないとうまく鍛冶ができないってのが一つある。でもそれよりも」

「それよりも？」

「家族の故郷だぞ、助けてやりたいと思うのは当然だろ？」

俺はサーミャを見て言った。この〝黒の森〟は俺が望んで来た場所ではない。それでも、それなりの時間を過ごし、そしてなにより、この最初の家族の故郷なのだ。

そこの厄介事とあらば、なるべく助けてやりたいと思うのが普通だと、俺は思っている。

「そっか……」

サーミャは俯《うつむ》いて言った。声音に喜びが滲《にじ》んでいるように聞こえたのは、自惚《うぬぼ》れだろうか。

「寝る！」

そう言って、サーミャは扉を幾分乱暴に閉めて出て行った。

「わはは、こりゃいいや」

出発前、ヘレンはかなり大きいそれ（大きさだけなら前の世界の漫画に出てきた大剣のようだ）

を庭でブンブン振り回した。

もしかして、もうちょっと重くても平気だったのでは、という言葉はぐっと呑《の》み込む。おそらくはヘレンの速度を維持しつつの限界があれなんだろうな。

あれで速度が維持できるヘレンの膂力《りょりょく》が並外れているのは今更言うまでもないことだが。

洞窟《どうくつ》の入り口までは自分たちで進んでいく。やがて再びたどり着いた洞窟の入り口には、リュイサさんが待っていた。

「お待たせしましたかね」

「いや、そんなことはない。そもそも時間の概念が薄いからな」

「ああ、なるほど」

〝大地の竜〟の一部で悠久の時を過ごしていると、一日程度は誤差くらいのものなんだろうな。

今回もリケとクルル、ルーシーはここでお留守番だ。クルルに持ってきてもらった武器や補給品を下ろして、準備を済ませる。

今回はクルルに一日程度ならここで行動できるくらいの食料と、簡易に今回作った武器を修理できる道具（移動できる火床とそこで使う木炭、小さな金床に鎚）も持ってきている。これらは下ろすが、洞窟には持ち込まない。使えるように準備する必要もない、とリケには言っておいた。

食料と道具はあくまで緊急用で使わず持ち帰る予定だし、なにより用意すると使うことになるような気がする——まぁ平たく言えばゲンを担いだわけだ。

「それじゃ、頑張ってくれ」

前回よりも幾分真剣な表情のリュイサさんに俺たちは頷《うなず》き、リケとクルル、ルーシーの声援を背に、二回目の戦いへと足を踏み出した。

結局のところ、完全に対応が出来るようになった俺たちに、邪鬼《トロール》は手も足も出なかった。

出くわした邪鬼は身体を完全復活させ、一度目のときと同じように佇《たたず》んでいた。俺たちはそこに対して弓を射かけて牽制を行う。

すると、まだ完全に動けるようにはなっていなかったようで、ノロノロと俺たちに向かって動こうとしたところを再び弓矢で射られて牽制されて、動きを止めた。

それを見逃してやる義理は俺たちにはない。持てる重量ギリギリとはいえ素早い動きで接敵したヘレンが、

「ふっ」

短く息を吐いて武器を振り片足を潰《つぶ》すと、邪鬼は例の耳障りな絶叫を発しながらバランスを崩し倒れる。

さらにそこへ、やや武器に振り回されながらも俺とアンネが打撃を加える。

「よい……せっ！」

ブゥンと低い唸《うな》りをあげて武器が振り下ろされる。今度は腕と残った足が潰れた。

そして、ヘレンがダメ押しとばかりに連続してぶっ叩いていき、ドンドンと元の状態を留《とど》めている箇所が減っていく。

俺たちの打撃で木っ端微塵《みじん》と言っていいほどに邪鬼の身体が四散した。前の世界で見たアニメでこんなシーンがあったような気がする。あれはロボットだったけど。

生物と違って血が飛び散らないのは本当に助かるな……。これでドロドロに汚れていたら相当に気が滅入《めい》ったはずだ。ただでさえ絶叫で気が滅入るというのに。

邪鬼は最後に、一つの塊を残して全てが消え去った。

その最後の塊は身じろぎをするようにうごめいていたが、やがてそれも動きを止め、溶けるように消え去った。

「リディ！」

「はい！」

俺が言うと、リディは弓から手を離し、目を閉じて神経を集中させる。そっとサーミャとディアナが近くに寄った。まだ完全に油断はできない。

俺たちも間隔を空けて周囲を警戒する。今のところ俺は何も感じないが、ヘレンのようなプロではないし、チートだよりの俺の感覚だ。どこまで当てにしていいものやら。

しばらく身じろぎ一つせずに集中していたリディが、大きく息を吐《つ》いた。俺はそっとリディに尋ねる。

「……どうだ？」

「引っかかりません。この場の澱《よど》んだ魔力はなくなったようです」

という事はつまり……。

「やりました！」

リディは今日一番の大声をあげ、俺たちもワッと歓喜の声をあげる。討伐は成功だ。ドッと疲れが押し寄せてくる。

きっと同じなのだろう、へたり込んだアンネに駆け寄ってやるヘレンを見ながら、俺も地面にゴロリと転がった。胸の内は喜びで満たされている。

俺はその状態で大きく、大きく息を吐いてから立ちあがり言った。

「さあ、凱旋《がいせん》しよう！」

6章　小さな凱旋

魔物の討伐は物としては何も残らない。ただ俺たちの中にさっきまでの死闘（最後は囲んで叩いてただけだが）と、その勝利の記憶が残るだけだ。

それに今回は軍隊についていったわけでもないから、大規模な凱旋とはならない。知っている者とて、リュイサさんとジゼルさん達妖精《ようせい》族くらいなものだ。

それでも、自分たちの居場所を守るため、必死に戦ったという事実は変わらない。各々松明《たいまつ》を掲げ、暗い洞窟を戻っていく。

一刻も早く洞窟を抜け出したいのは山々だが、途中で一度休憩を挟んだ。

撤退したときにはここまでの疲労感はなかったが、あのときは帰ってくるのに必死だったから、その疲労を感じる暇もなかったということだろう。

今回はやり遂げた安堵感《あんどかん》で、溜《た》まった疲労が襲いかかりつつあるところだ。

持ってきた水と、行動食にと持ち出した干し肉で軽く補給もする。

「今更だけど、補給に関しては最初は失敗だったなあ」

「そうだな」

俺がボヤくと、ヘレンは頷いた。彼女は干し肉を口にしながらも周囲に目をやり、警戒を怠らない。

「一番初めから最低限丸一日分の補給物資と修理道具も持ってくるべきだった。アタイもちょっと緩んでた。指摘するべきだった。すまん」

「いや、決めたのは俺だし。次回から気をつけ……たいような、気をつけたくないような」

俺がそう言うと、洞窟内に笑い声が響く。実際のところ、こんな仕事は受けなくて済むならそれに越したことはないのだ。ただの鍛冶屋《かじや》だし。

「でも、今回で実力を示しちゃったからね。今回選択肢が用意されてなかったのも事実だけど」

アンネがため息をついて言った。多数対一体、多勢に無勢ではあるが、俺たちなら大怪我《けが》もせずに邪鬼《トロール》一体を討伐できる。今回その事実がリュイサさんに知られるわけで、それが今後どう転がるか、不安の種ではあるだろう。

「あんな化け物を無傷で倒せる部隊なんて、お父様が知ったら放っておかないでしょうね」

アンネは続けた。リュイサさんが言うように〝黒の森〟の最強戦力であることは、少なくともこの近辺では最強と言って過言でないこととイコールだ。そんな戦力を遊ばせておく道理は、特に色々抱えていらっしゃるあの御仁にはないだろう。アンネは「お父様には絶対に言わないけど」と付け足すことも忘れなかったが。

「まぁ、そのへんは今心配しても始まらんだろう。なるようになるさ。最悪、カミロかマリウスか……あるいは侯爵の手を借りるかもしれないけどな」

俺がそう言うと、皆頷き、休憩を終えた。

それからまたしばらく歩いていく。松明の明かりを見るに、さほど時間は経《た》っていないはずだが、外は何時くらいなのだろう。こういうとき携帯できる時計のありがたみを実感する。

前の世界でもあってもなくても変わらないような仕事ではあったが、それでも世間と時差を出さないために、腕時計（ボーナスで買ったレースチームのスポンサーもしているブランドのやつだ）で時間を確認していたものである。

やがて、目の前に差し込む光が見えてきた。出口だ。俺たちの足が速まる。出口の光はどんどん大きくなっていき——やがて、沢山の影が見える。

俺たちが洞窟の前に出ると、リュイサさんとリケたち家族の他に、ジゼルさん達妖精族の人たちが集まっていた。

俺たちが出てきたのに気がつくと、リュイサさんが前に歩み出た。

「どうだい？」

リュイサさんが俺に尋ねる。

俺の返事は決まっている。

「勿論《もちろん》、倒してきましたよ」

俺がそう言うと、リュイサさんはニッコリと笑った。

「ありがとう！　〝黒の森〟の主として、君達に感謝する！」

「私達、妖精族からも感謝を！」

リュイサさんとジゼルさん達妖精族から拍手がおこる。そして、

「お帰りなさい！」

「クルルル！」

「わんわん！　わん！」

リケとクルル、ルーシーたち留守番をしてくれていた家族からの「お帰り」。

ああ、戻ってきたのだなという実感がある。

妖精さんたちの拍手に包まれて空を見あげる。日は中天を過ぎていたが、暮れるにはまだまだ時間がありそうだ。

今回はまっすぐ目的地に進めたのと、一回目の経験と、ヘレン達の手助けのおかげであっさり片付いたのが大きいだろう。俺一人では相当に苦労していたに違いない。家族には感謝しないといけないな。

明るいところに出てみると、ヘレンの防具には細かい傷がたくさんついていた。全て華麗に避《よ》けていたように見えても、ずっとギリギリのところを行っていたんだな。

汚れ具合は洞窟を進んだのもあって、みんなどっこいどっこいだ。帰ったら早速井戸が大活躍しそうである。

怪我はしていなくとも汚れと疲れでボロボロだ。しかし、その顔は成し遂げたことでキラキラと輝いているように見える。

俺たちはリュイサさんの前に横一列に整列する。盛りあがっていた場が静まり返った。

俺は一歩前に出てリュイサさんの目を真《ま》っ直《す》ぐに見て言った。

「ご依頼、これで達成でよろしいですね？」

「ああ。もちろん」

リュイサさんはニッコリと微笑《ほほえ》んだ。後ろでサーミャたちが「やったぜ！」と手を打ち合わせている。妖精さんたちも再びワッと盛りあがっている。

ニコニコと微笑んだリュイサさんが、なんでもないことのように言った。

「君たちは依頼を達成したのだから、ちゃんと報酬は支払わないと」

そうだ、すっかり忘れていたが報酬だ。俺としては、事情を知っているのに見逃してくれている時点でもらっているようなものなのだが。

まぁ、他の家族の手前それを言うわけにもいくまい。それはそれ、これはこれとして受け取ろう。

「まずは腹の足しにもならない報酬から」

リュイサさんはお茶目っぽくウィンクをしながら言った。彼女は表情を引き締めると、続けて宣言する。

「君たちに〝黒の守り人《もりびと》〟の称号を与える」

〝黒の守り人〟。〝黒の森〟と掛詞《かけことば》にしているのだろうか。

リュイサさんの言葉に合わせて、ジゼルさんを含めた数人の妖精さんたちが俺達の前に並んだ。リージャさんとディーピカさんもいる。

妖精さんたちは黒っぽい金属製の小さなブローチのようなものを手にしていた。ヒーターシールドのような形状に、木の意匠が盛り込まれている。彼女たちはペコリと一礼すると、俺達の胸元に

（胸甲をつけているヘレンは肩口に）それをつけた。

「これをつけていれば、この森で襲われなくなる……なんてことは残念ながらないけれど、この森の妖精や精霊たちは君達のお願いをなるべく聞いてくれようとするし、よその森でも一目置かれるからね。よその森で樹木精霊《ドライアド》や古老樹《トレント》たちに会ったら見せてごらん」

なにか名前だけかと思ったら、一応それなりのメリットはあるらしい。よその森で使うことはないだろうし、そう願いたいところだが。

「〝めんどくさがりの鍛冶屋〟が珍しく気合いを入れて作ったんで、売ったり捨てたりしないでくださいね」

離れる前に、クスリと笑ってジゼルさんが言った。めんどくさがりだから、俺が妖精さんたちの製品を作ったら喜ぶだろうと言っていた人か。

元よりこうしてもらったものを捨てる気はない。俺たちが成し遂げた証《あかし》でもあるのだし。めんどくさがりが頑張って作ったと聞いては余計に捨てたりする気にはならない。

そういえば、クルルとルーシーはどうしたんだろうと思って少し振り返ると、二人は首からペンダントのように下げてもらっていた。ルーシーなんかはいつにも増して誇らしげに胸を張っている。

「あとはそうだね……どっちから言おうかな」

リュイサさんがおとがいに手を当てて考える。

「それじゃあ、こっちからかな。少しは〝森の主〟らしいところを見せないとね」

キラキラとした、しかし少しいたずらっぽい表情を浮かべるリュイサさん。〝森の主〟らしからぬ軽い感じだな、とは内心思っていたが気にしていたのだろうか。

いや、違うな。あれはそれっぽいことをしたいだけだろう。

「ということで、君たちのお家《うち》の近くを通る水脈のうち、お湯が湧くものの場所を教えてあげよう！」

どうだ、と言わんばかりに胸を張るリュイサさん。ルーシーも「わん！」と一声あげて対抗するように再び胸を張るのだった。


温かいお湯の湧く水脈、つまりは温泉である。俺はおぉ、と思ったが、家族の皆はいまいちピンと来るものがないらしく、キョトンとしていた。俺は元日本人として大変に喜ばしいのだが。

リケも実家近くに温泉があったと言っていたが、しょっちゅう行くものでもないので実感がないのだろう。俺が「冬くらいにはできればいいな」くらいのつもりでいたので、あまり熱心に普及活動に励んでいなかったせいもある。

「あ、あれ？」

思いの外、反応が薄かったことにリュイサさんが困惑した。場が急に静まり返る。どうしたもんかな。

「それがあると嬉《うれ》しいのか？」

助け舟はサーミャから出た。俺は大きく頷《うなず》いて肯定する。

「冬の寒い時期に温まるのはもちろんだが、この暑い時期でも湯に身体《からだ》を浸《つ》けて汗を流すのは気持ちいいぞ」

「北方の風習か」

「いや……まぁ、そんなようなものかな」

もちろん、この世界にも入浴の概念が皆無なわけではない。だが、貴重な燃料を使って大量の湯を沸かして浸かり身体を清めるという行為が、上流階級はともかく庶民の間で日常的にできるかというと無理なので普及はしていない。

「ありがたく頂戴《ちょうだい》します」

「喜んでもらえるようでよかった」

リュイサさんがホッと胸をなでおろす。俺としては大変ありがたいのは事実だ。温泉掘りと湯殿の建築が待っているのが何だが。

「それで、最後はお腹《なか》の膨れる話……と言っていいのかな」

「おっ」

思わず声をあげたのはヘレンだ。ここまでの報酬は、傭兵《ようへい》としてはあまりうまみのあるものではない。〝黒の守り人〟が案外役に立つのではと思うのだけどなぁ。

だが、直接的な報酬があるとなれば別だろう。ガメついというよりは、単に成果に見合う報酬を、ということだろう。実務的とも言えるかもしれない。

「金貨……は流石《さすが》に用意できなかったから、いくつか宝石を渡す」

そう言って俺の前に差し出されたリュイサさんの手のひらに、赤や青、あるいは緑の宝石が数個現れた。

なんかもっと概念的なものか、あるいは貴重な金属でもくれるのかと思っていたので、ある意味では拍子抜けだが報酬に貨幣かそれに替えられるものを用意するのは当たり前と言われればそうである。

「〝森の主〟で〝大地の竜〟といえども、私はそのごく一部だから、今用意できるのはこんなものだけどね」

そう言ってウィンクをするリュイサさん。詳しくはカミロのところへ持っていって鑑定してもらわないとわからないだろうが、結構な価値になるんじゃなかろうか、これ。

腹の膨れない報酬（それにプラスして居住権の認定）もあるし、辞退しようかとも考えたが、背後からくるプレッシャーに負け、

「では、こちらもありがたく頂戴いたします」

と、俺は押しいただくようにそれを受け取った。受け取った宝石類をすぐに後ろにいたディアナに渡す。横からアンネが少し覗《のぞ》き込んで、目を輝かせていたので、ざっくりとした価値はあとでアンネに聞けばわかるかもしれない。

「それじゃ、みんな疲れてるだろうし、今日のところは帰って休むといい。水脈の位置は後日、ジゼルか誰かをやるようにする」

「ええ。今日明日必要なものでもないですし」

リュイサさんの言葉に俺は頷いた。地図かなにかでもよかったし、口頭で伝えてくれてもいいと

思うのだが、詳しい場所を知らせるのにそれでは何か不都合があるのだろう、と俺は思うことにした。

「今回は本当にありがとう」

リュイサさんが手を差し出す。俺はその差し出された手を掴《つか》み、握手をした。何度目かの拍手が起こる。

そのとき、リュイサさんは拍手に紛れて、俺にだけ聞こえるような声で言った。いや、言ったというのは語弊があるかもしれない。彼女は口を動かさなかったからだ。しかし、

「ちょっと話があるから、また今晩」

その言葉はハッキリと俺に届いたのだった。


俺たちは拍手の中を帰路に就く。ジゼルさんたちには「病気でなくても、いつでもお越しくださいね」と言っておくことを忘れない。ジゼルさんたちは「ぜひ!」と笑顔で返してくれた。

「よし、疲れてるところすまないが急ぐか。松明はまだ使えるだろうが、なるべく早めに帰ろう」

皆で大きく手を振ったあと、拍手を背に俺は皆に言った。皆特に異論はないようで、返ってきたのは頷きだ。空を見あげるとギリギリで日が落ちる頃には家に戻れそうである。

急ぎはするが、周辺への警戒はしておく。〝森の主〟の依頼後とはいえ、自然の獣たちにとってそんなことは関係ない。獲物であると判断されれば襲われるだろう。

帰り道もリュイサさんに送ってもらえば、その心配はないのだろうとわかってはいる。しかし、

あんまりお世話にはなりたくないなぁ、色んな意味で、と思ったので家族だけで帰ることにしたのだ。

リュイサさんは断って妖精《ようせい》さんたちだけは来てもらうってのも変だしな。

そんなわけで、静かな森の中を俺たちは歩いていく。来たときと同じく、風が吹いていて日陰も多いので幾分マシだが、夏の太陽はしっかりと暑さをもたらしている。

俺は流れる汗を拭《ふ》きながら愚痴る。

「こうなると洞窟《どうくつ》の涼しさが恋しいな」

あの中はひんやりしていて、季節が違うのかと思うくらいの気温だった。俺は前の世界でエアコンを知ってしまっているので、それに似た快適さが恋しいのは仕方のないことである。多分。

「じゃ、あそこに引っ越す?」

隣を進んでいたディアナが混ぜっ返す。俺は肩をすくめた。

「〝黒の森〟の更に奥の洞窟に住む鍛冶屋《かじや》か。怪しいにもほどがあるな」

「それだったら私は来てないかも」

俺が言うと、アンネの声が追いかけてきた。普通は一人で〝黒の森〟を進めという時点で二の足を踏むらしいのに、更にその奥にある洞窟へ行けとなると来られる人間はより限られるだろう。

ディアナと反対隣にいるヘレンもウンウンと頷いている。彼女レベルが来ないとなると、来ようと思う人間は皆無だろう。

「依頼してくれる人が全く来られないのは困るな」

「昼か夜かわかんないのも厳しそうだなぁ」

俺より少し前に出て遠くを窺《うかが》いながらサーミャが言った。足元ではルーシーも同じほうを向いて鼻をクンクンさせている。なにか獣がいるのかもしれない。

サーミャがそんなに緊張していないということは、狼《おおかみ》や熊なんかの肉食動物ではないのだろう。角鹿なんかの危険な草食動物であれば迂回《うかい》すると言うだろうし。

「魔法の明かりが使えますけど、それは辛《つら》そうですね」

「資材の搬入で迷いそうです」

リディとリケがサーミャに続く。

「俺も邪鬼がいつ湧くかビクビクしながら毎日を暮らすのは嫌だな。まだ熊のほうがいくらかマシだ」

俺の言葉に、「違いない」とサーミャが笑い、そよそよと葉擦れの音が響く森に笑い声が加わった。

帰りの道中は何事もなく家にたどり着けた。日はもうほぼ落ちていて、〝黒の森〟を更に黒く染めようと夕闇が包み込みはじめている。

俺たちはテラスに集まった。我が家の凱旋《がいせん》はこれにて終了ということになる。

「皆、今回は俺のワガママにつきあわせてすまなかった。ありがとう」

家族相手なのでしゃちほこばるのもな、とは思ったが、こういうのはケジメだ。前の世界で豚が主人公のアニメでも賊の頭領がそう言っていた。

「誰も大きな怪我をすることなく戻ってこられて、本当によかった。まぁ、諸々《もろもろ》はあとに回して、これにて依頼は終了だ！　おつかれさん！」

わーっと、暗くなってきた森にささやかな喝采《かっさい》が響いた。クルルとルーシーの喜ぶ声も一緒に響く。

「それじゃ、皆身体を綺麗《きれい》にしておいてくれ。今日の夕食は豪勢にしよう」

皆は「はーい」（と「クルルル」「わんわん」）という了承の声を俺に返し、クルルの荷物を下ろしたあと、森の中の我が家へと入っていった。


ざばり、と汲《く》んだばかりの井戸水を頭からかぶる。夏の暑さを知らぬかのように冷たい水が素肌を流れ落ちる。それは気温と今日の討伐で火照った身体を清め、冷やしてくれた。

と言っても、三十歳（中身は四十代）のオッさんの素肌ではあるのだが。俺が先に身体を綺麗にさせてもらって、夕食の準備をはじめる。

その準備の間が女性陣、つまりはクルルやルーシーも含めて俺以外の全員ということだが、彼女たちの順番だ。

俺は濡《ぬ》らした身体を濡れた布でこすったあと、もう一度頭から水をかぶって、濡れた身体を乾いた布で拭いた。

風呂《ふろ》でなくてもさっぱりした気分にはなるし、これでも十分と思えなくもない。しかし、温泉が湧くところがあると聞くと、それが恋しいのも確かだ。

俺は若干の寂寥《せきりょう》感も覚えつつ、着替えに用意した服を着て、倉庫に寄ってから家に戻った。

今日の夕飯は豪勢にする。とはいっても〝黒の森〟にぽつんとある我が家である。今から街へ買い出しにも行けないので、倉庫の肉と調味料をふんだんに使うのと、量を多くするのとだ。

胡椒《こしょう》マシマシでパストラミみたいにはしないにしても、いろんな味の品があるだけで、それなりに豪勢とは言えるし。

まだ焼くだけでも食えそうな猪《いのしし》肉を味噌《みそ》焼きにしたり、干された鹿肉をワイン煮のようにしたりする傍らで、無発酵パンを焼いたりと準備を進める。

アレコレと作業をしていても、時々は手の空く時間が出てくる。

最初は「にがりがあれば大豆と井戸水で豆腐ができそうだな」とか、「あの洞窟の深さくらい掘れば、ある程度気温の低い貯蔵庫が作れるんじゃ」とか、生活に関してとりとめのないことが頭をよぎった。

いや、正確に言えば、あえて考えを頭から押し出していたのだが、すぐに思考は「今夜リュイサさんが何を言ってくるのか」になってしまう。

あの様子だと俺にだけ伝えたい、あるいは伝えるべきことなのだろう。そして、リュイサさんは俺がこの場にいる理由……つまり転生してきたということを知っている。

まぁ〝森の主〟の管理領域に、唐突に鍛冶場つきの家が出現すれば、それがわからんはずもないのだが。

となれば、その辺の何かの話なんだろうな。一度居住許可は出してくれたわけなので、朝令暮改に「出ていけ」と言われることはないだろうが、それでもその可能性がないという保証は誰もしてくれないのだ。不安にもなろうというものである。

「ま、なるようにしかならんか」

コトコトと湯気を立てる鍋《なべ》をかき回して、俺はひとりごちた。せっかくもらった余生だし、なるべく穏便にかつのんびりと過ごしたいと思ってきた。

しかし、あんまり意識したくはないことだが、それでも俺はこの世界から見てストレンジャーであることには違いない。家主から出て行けと言われれば大人しくそれに従って、なんとかしていこう。

そして、また一から〝いつも〟を作っていくのだ。そのときに誰がついてきてくれるだろうか。

そう思ったとき、ガチャリと家の扉が開いて、サーミャが顔を出した。鍛冶場のほうからくぐもった鳴子の音が聞こえる。

「お、いたいた。みんな終わったぜ」

「おう、こっちももうほとんど済んでるから、運びだしてくれ」

頭から暗くなりがちな思考を追い出して、俺は努めて明るく言った。サーミャには大きな感情の動きを察知されてしまうからな。杞憂《きゆう》かもしれないことで心配させるのもなんだし。

「おう。おーい、エイゾウのメシもいいって！」

一瞬サーミャは怪訝《けげん》そうな顔をしたが、扉の向こうにいる皆に声をかける。すぐに皆がドヤドヤと入ってきて、準備してある料理を外のテラスに運びだしていく。

これが最後の宴《うたげ》になるかもしれないな。そんなことを思いながら、俺も料理を持ってテラスに運んだ。

7章　小さな宴《うたげ》

「それでは、討伐成功を祝して乾杯！」

『かんぱーい！』

討伐成功の宴会はこうして我が家流で始まり、そして盛りあがった。心のどこかにわずかばかり残った恐怖を流すには一番いい方法だ、と俺は思っている。

ワイワイと話をしながら食べ物を食べた。いつもの味と言っていいくらいに食べてきたが、シチュエーションが違うと若干美味《うま》さも変わってくる気がする。ましてや今は身体《からだ》が欲している状態だから尚更《なおさら》だ。

結構な量を作ったつもりだったのだが、皆でモリモリと食べると、食事はあっという間になくなった。

普段ならすぐに片付けてお開きなのだが、今日はなんとなく皆そのままおしゃべりを続けている。

「そういえば、クルルもルーシーも暴れたりしなくて偉かったな」

俺は二人のことをリケに聞いた。ただついてきて待っているのは彼女達にはさぞ退屈だっただろう。最悪どこかへふらりと出かけるかもしれないと思っていた。

まぁ、戦いでそれどころでなく、思い至ったのは戦いが終わった後だったので、そこは大いに反省するところである。連れて行くか、置いて行くか、ここは毎度考えなきゃいけないところだろうな。

リケが空いているほうの手でクルルの首を撫《な》でながら言う。

「二人ともじっと洞窟の入り口を見ながら待ってましたよ」

「もしかすると、ちゃんと理解してるのかもな」

俺が言うと、ディアナとヘレンがウンウンと頷《うなず》いている。二人によれば、

「危ないから離れてな、って言うと大人しく見てるよ」

「ルーシーもいつも静かに見てるわねぇ」

とのことなので、クルルとルーシーからすれば当たり前の感覚なのかもしれない。

やがてヘレンが歌を口ずさみ始めると、それに合わせてサーミャがテーブルを叩《たた》いてリズムをとる。リケとリディはそれぞれの踊りを庭で焚《た》いていた火の周りで踊り、続いてディアナとアンネが貴族のダンスを披露する。

俺たち家族の、いつもとはちょっと違う、しかし、素敵な時間はこうして過ぎていった。

そして夜半。俺はふと目を覚ますと、まっすぐに家の外に出る。暗いが勝手知ったると言っていいくらいには馴染《なじ》んだ我が家だ。けつまずいたりすることはない。

今は前の世界で言えば何時なのだろうか。月が中天に差し掛かっていて、月明かりが庭を照らしている。草花が青白い光を反射して幻想的だ。

その庭に、俺は一人の影を認めた。影にはもちろん見覚えがある。

「リュイサさん」

「こんばんは、エイゾウ」

リュイサさんはニッコリと微笑《ほほえ》んだ。

「それじゃ、早速お話を始めようか」

月を背負ってそう言ったリュイサさんになぜか迫力を感じ、俺はゴクリとつばを飲み込んだ。

「そんなに身構えなくても大丈夫だよ」

月明かりの中、リュイサさんはそう言って微笑んだ。そう言われたからとあっさり信用できるかと言えば、それは別の話だが。

「立ち話もなんですから、あちらへ」

俺は手でテラスへと促した。あそこにはまだ椅子が出してあるはずだ。

「それじゃ、お言葉に甘えて」

リュイサさんは俺の前を歩き出した。別に隠している施設ではないし、場所はわかっている、ってことだろう。

トーガのようにも見える服をまとった背中を無防備に晒《さら》しているが、これが俺への信頼なのか、それとも俺が危害を加えられないとわかっての自信なのかはわからない。

一応ナイフは懐に忍ばせてあるが、こいつの出番があるとしてもリュイサさんに向けることはないだろう。〝森の主〟とやりあって勝つ見込みがわずかでもあると思うほど、俺は無邪気じゃないからな。

俺とリュイサさんはテラスの椅子に向かい合って座る。前の世界でちょっと見た対談番組のようでもある。

リュイサさんは、ほうと息を吐いてから言った。

「さて、それじゃあ始めようか」

俺は頷いた。はてさて、一体どんな話が飛び出すのやら。

「こうやって二人だけで話すってことはある程度わかっていると思うけど、エイゾウの身の上のことだよ」

「でしょうね」

他に俺以外が聞くとまずそうな話はない。

「まず、もう言ったけど、君がここで暮らしていくことは〝森の主〟たる私もだけど、本体の〝大地の竜〟も認めている。『元はこの世界の人間でない』としてもね」

「ありがとうございます」

俺はその言葉に頭を下げた。とりあえずここに居ていいお墨付きがあれば怖いものはない。こうなったら、侯爵閣下なんかのほうが厄介とさえ言えるだろう。

そうは言っても、だ。俺のそんな心を知ってか知らずか、リュイサさんは言葉を続ける。

「で、その上でなんだけど」

そら、来なすった。

「時々、ジゼルでも他の妖精《ようせい》族の子でもいいから、とにかく妖精族に『前の世界の知識』を教えてあげてほしい」

「前の世界……ですか」

「ええ」

「それを知ってどうするんです？　この世界の技術ではたとえ魔法があっても、実現不可能なものも多いですが」

〝万年時計〟のように電気を用いないが精巧な機構や、ちょっとした電気仕掛けのものならなんとか可能かもしれないが、階差機関以降のコンピュータは無理だろう。

動力も蒸気機関くらいまでで、内燃機関までは到達できまい。魔法か何かで、機関内部で爆発を起こせたとしても、普通は必要な精度で部品が製作出来ない。

将来的に可能になるとして、今知る意味ってはたしてあるんだろうか。言い方は悪いが、江戸時代の人間にスマホの話をしたところで意味があるとも思えない。

それに、だ。

「私としては、あまりこの世界に影響を及ぼしたくないのですが」

そのために、板バネのサスペンションを導入するか迷ったし、井戸に手押しポンプをつけることも見送ったのだ。

ウォッチドッグの説明から言えば、俺一人がジタバタしてもさほど世界に影響はないのだろうけどな。それでもわざわざ時計の針を俺の指で進めるような真似《まね》はしたくない。

「なるほど。エイゾウは生真面目なのだな」

うふふ、とリュイサさんは笑った。

「そう言うだろうとは思ってたけど。だから妖精族の子に、って話なんだよ」

リュイサさんの言葉を俺は一瞬飲み込めず、目を白黒させた。しかし、少し考えればわかることだった。

「妖精族の言うことを信じるような人はそうそういないから……？」

「ご名答」

俺の言葉にリュイサさんは音をさせずに手を打ち合わせた。

「そもそも存在を知ってる人がそんなにいないし、この世界ではよくわからない理屈を言ったところで〝妖精の戯言《ざれごと》〟と思われるのがオチだろうね」

「この世界では実現不可能なものも多いですが、逆に言えば実現可能なものもあるんですけど……」

「そういうのは漏らさないようにするし、漏れたところで〝妖精が授けてくれたインスピレーション〟にカウントされるでしょ。いずれエイゾウが気に病む必要はなくなる」

「ふむ……。そうそう、大事なことを聞いてませんでした」

「なにかな」

リュイサさんは微笑みを絶やさず言った。そこになにか裏の意図を感じる人間であれば、相当に警戒しそうな微笑みだ。

「そもそも、この依頼の意味はなんですか？　どこに漏らすでもなく、単に情報をおさえておきたいだけなら、他にも方法があるのでは？」

「ま、普通はそう思うよね」

リュイサさんは頬に手を当ててため息をついた。

「これはどちらかといえば〝本体〟の要求なんだ。なので、細かいところまでは私もわからない」

「〝大地の竜〟の？」

「ああ。そして、私はそのごく一部に過ぎない。私から〝本体〟の全てを把握することは不可能なんだ。エイゾウには申し訳ないけどね」

「いえ、それは仕方ないです」

とはいえ、だ。そうなると「よくわからんがとにかく教えてくれ」という話になる。ここまで誰にも言わずにいたことを、じゃあ、と教えていいものだろうか。

俺がウンウン唸《うな》っていると、リュイサさんは小さく笑った。

「返事はしなくてもいい。後日、温泉の水脈を教えるって言ったね？　そのつもりならそのときジゼルにでも教えてくれればいいから」

「……わかりました」

それじゃあね、とリュイサさんは手を振り、姿が掻《か》き消える。俺は椅子に深く座り直して大きなため息をつくのだった。

リュイサさんが掻き消えてから、俺は月を眺めながら考える。

〝大地の竜〟がなぜ、俺の知識を欲しているのか。この世界が順調に前の世界のような歴史を重ねるとしたら――この世界には魔法があるし、地理条件も異なるので全く同じような歴史にはならないだろうが――俺は未来からやってきたのと同じことになる。

未来に何が起こりえるのか、技術情報なんかから知っておきたい、ということだろうか。

「ただの知的好奇心ってことは……ないか」

俺はひとりごちて首を振った。そんなことなら妖精さん達に伝えさせるような回りくどいことはしないだろう。

可能なら、ではあるが本人が来て聞けばいいだけだし。それをしない理由があるのだ。〝大地の竜〟だけが知っていても仕方がない、みたいな。

もしかすると、それこそ妖精さん達が気まぐれに誰かに伝えることを期待しているのだろうか？

他のさまざまな理由よりは、それが一番ありえそうに思える。

リュイサさんも言っていたが、それが実現可能な技術の話なら天啓だし、不可能だったり理解できなかったりすれば、ただの戯言だ。

それに、俺は妖精さんに伝えるだけだから、それがどう影響するかは俺の関知するところではない、と言うこともできる。

単純な板バネ構造だから、と作ってカミロに教えたサスペンションも、見てインスピレーションを受けた誰かがとんでもない発明をしないとも限らないわけだが、そうなったときのことまでは正直面倒を見きれない。

で、あるならば、だ。核分裂反応みたいな概念的にも説明しにくい（し、俺もそんなに理解してない）ようなものはともかく、それ以外のものは伝えてもいいかもしれない。

「王様の耳はロバの耳」ではないが、秘密を抱えないことで精神の平穏をはかることができるかもしれないし。

「よし、これで明日の朝に妖精さんが来ても大丈夫だな」

俺は大きく伸びをして、自分の寝室に戻った。今からでも多少寝る時間はあるだろう。ゆっくりとベッドに横になって、俺は〝いつも〟に戻っていった。

◇◇◇

翌日。真夏になって暑いこと以外は、皆昨日の出来事なんてなかったかのように、いつもどおり振る舞っている。

クルルとルーシーは朝一の水汲《みずく》みに意気揚々とついてきたし、朝飯も神棚へのお祈りもいつもどおり。鍛冶《かじ》仕事を手分けしてワイワイと、集中しないといけないところは静かにやっていた。

それでも本当に何もなかったようにはできない。昼飯や晩飯のときには話題に上る。

今も晩飯の鹿肉を焼いたものを頬張りつつ、ヘレンが熱弁している。

「アタイが思うに、あの叫び声さえなけりゃ、もっと楽だったはずなんだよな」

「あれで一瞬怯《ひる》んでタイミングを逃した場面は確かにあるな」

「そうそう。幸い臭いはなかったんだし、怯む要素はあれくらいだった」

無論、邪鬼《トロール》には俺たちに黙って倒される義理はないわけだが。ゆっくりとスープを飲み込んだディアナが続く。

「今回は洞窟《どうくつ》だったから仕方のない面もあるけど、やっぱり間合いの広い武器はもう少し揃《そろ》えたほうがいいんじゃないかしらね」

「それも考えないといけないな。相手が誰になるのかはさておくとしても、このあたりで戦闘になることを考えたら、長いに越したことはない」

うちにある短槍《たんそう》はせいぜいが俺の身長と同じかもう少し長いくらいだ。それでも十分と言えなくもないが、やはりもう少し長い武器も用意しておくほうがいいだろうなぁ。

「ここに籠《こ》もるなら、投石機《カタパルト》や弩砲《バリスタ》みたいなのを据え付けてもよいかもな」

次の肉にかぶりついて、ヘレンが言った。俺は片眉《まゆ》をあげてヘレンに返す。

「鍛冶屋にか」

「鍛冶屋にだよ」

ニヤッとヘレンが笑った。目は彼女が本気であることを物語っている。

いや、そこにロマンを感じないかと言われると、感じてしまうのだけども。自分の家に秘密兵器があるとかワクワクしないわけがないのだ。四十代でも男の子だしな。

まぁ、例えば俺もヘレンもディアナもいないときに、滅多なことでは来られないとはいえども、万が一にも熊なんかがここに来たら厄介な事態になることは火床の火を見るより明らかなわけで。

そんなときに対応できる兵器を備えていたほうがいいのではないか、と考えれば荒唐無稽《こうとうむけい》とも言いにくい。

「考えとくよ」

そんなことを考えながらの返事に、ヘレンだけでなくリケも目をキラキラさせ、俺は小さく苦笑するのだった。


我が家の要塞《ようさい》化計画はさておくとして、とりあえず整備しておきたいものがいくつかある。

「クルル達の小屋と倉庫への渡り廊下なぁ」

サーミャがスプーンをくわえて言った。いつもならリケがたしなめるところだが、彼女は今四杯目の火酒で肉に取り掛かっていて、忙しいらしい。

「うん。近くに温泉が湧くなら、そこに湯殿を建てるだろ？　あとからそこにも繋《つな》ぎたいし」

「湯殿？」

スプーンをくわえたまま首を傾《かし》げるサーミャ。

「……ろくに人っ子の来ない〝黒の森〟の中だといっても、周りから丸見えのところで風呂《ふろ》に入るわけにもいかんだろう？　ちゃんと目隠しになるような建物を建てるんだよ」

「へぇ」

「服の脱ぎ着もその建物で出来るようにすれば便利だろ？　俺も皆も家にいる間、何も気にしなくて済むようになるし」

今は各自の部屋で身体を拭《ふ》いているので、部屋に侵入でもしなければ女性陣の裸を見てしまうことはない。それに長い時間、部屋にこもるようにもしている。

しかし、俺が部屋の外に急ぎの用事（だいたいは生理現象だろう）があって、そのときに出くわしてしまわないとも限らない。

だが、建造物として独立していれば、その心配もほぼ皆無になるわけである。俺も気兼ねなく家の中をウロウロ出来る。

「そういうもんかね」

鼻の頭にシワを寄せてサーミャが言った。俺が最初に助けたときには見たかどうか気にしてたと思うが、これは家族に対する気安さのあらわれだろうか。嬉《うれ》しいような、引っかかるような微妙な気持ちである。

「そういうもんだ。まぁ、温泉の場所が確定してから全部まとめて建ててしまうのもありっちゃありだが、一日じゃ絶対無理なんだし、必要だとわかってるなら今のうちに建てられるものから建てていったほうがいいんじゃないかと思ってな」

あれだけの魔物を倒したのだ、しばらくは湧いてくるまい。であれば、当面はいつもどおりの納品をしていれば事もなしのはずである。後々必要になるとわかっているものをさっさと片付けるなら、そういうときにやっておくに限る。……とか言ってると忙しくなっちゃったりするんだけど。

「渡り廊下を追加で建てると、形がいびつにならないですか？　最初から綺麗《きれい》な形に設計したほうがいいかもしれませんよ」

静かな声でリディが言った。後付けの施設になんらかの無理が生じるのはよくあることなのは否定できない。

「畑のど真ん中とかでもない限りは結構融通がきくんじゃないかな、と思ってるんだけど、甘いかな」

俺がそう返すと、リディは細いおとがいに手を当て、つぶやくように言う。

「ここの庭、広いですからね……」

「温泉が湧くところがちょっと離れてるとかだと、そんなに長い渡り廊下は建てないでおこうってなって、待ってる時間もったいないかもだし、近場なら調整出来るからさっさとやっちゃいたいな、なんて」

なんとなく、欲しかったカメラを追加購入すべく奥さんにプレゼンしている旦那《だんな》のような言い方になってしまった。心境的にはさほど違いはないが。

「どのみち必要なのは確かですし、必要になってから慌ててやるよりはいいかもしれませんね」

「だろ⁉」

少しの時間考え込んでいたリディの言葉に、俺は思わずテンションをあげてしまう。リディは「困った人だなぁ」とでも言うように、クスリと笑う。

「皆もいいかな」

「アタシは構わないよ」

「親方の言うほうでいいですよ」

「私も絶対にやっておきたいことはないし、いいわよ」

「アタイも」

「住みよくなるのなら私も賛成」

積極的かはともかく、皆賛成してくれた。これで倉庫のものを出し入れするときにも雨を気にしなくて済むようになるし、クルルたちの小屋へも雨の日だろうと気軽に行けるようになる。そうして、晴れの日も雨の日も、同じようにいつもの暮らしが出来ればいいな。

ささやかな生活向上ではあるが、俺は出来てからのことを思いつつ、どういう計画にしようか、考え始めるのだった。

◇　◇　◇

それから数日間、納品するための品物を作っていた。その間、夏の暑さは厳しくもあったが、倒れる者も出ずに過ごせた。元々暑い鍛冶場で働いている家族ではあるが、それでも事故なく過ごせたことはよかった。

今のところ井戸を掘っておいてよかったと思えたのは、邪鬼退治のあとに体を冷やしつつ綺麗にできたあの一回くらいで、あとは汲んできた水で事足りていた。

しかし、足りなくなるかもと思った日もあったので、あれで本当に足りなくなっていたら井戸の出番であったわけだ。今後そうなる可能性は十分にあると考えれば、慌てて作った甲斐《かい》がある。

そうして、納品の日。いつものとおり荷物と俺達を積んで、クルルの荷車は森の中を進み出す。

今日も太陽が照りつけていて、森の中であってもなかなかの暑さをもたらしていた。

「この木陰が多い森の中でもこの暑さかぁ」

「親方は北方出身だからか、暑さに弱いんですね」

「いや……うんまぁ、そうかもな」

正確には長年のエアコン生活（ほぼ家と職場を電車で往復するだけの生活で、その全てでエアコンがきいている）に慣れきってしまった面が大きいと思うのだが、それを話して理解できるのはリュイサさんくらいなものなので、そういうことにしておいた。

実際のところはというと、日本の夏のように蒸し暑いらしい。インストールされた知識にはそうある。ここらは湿度もそれなりにあるにはあるのだが、それより日光が直接暑い感じで、暑さの質が違うから身体が戸惑っているのもあるだろう。

「街道はもっと暑いのかしらね」

膝《ひざ》の上でぐでっとなっているルーシーを撫《な》でながらディアナが言った。なお、ルーシーがぐでっとなっているのは暑さにバテているのではなく、単に力を抜ききっているだけである。

「草原の草は伸びてたけど、日の光は遮られそうにないから、暑いんじゃないか？　ルーシーには布か何かで日陰を作ってやるといいかも」

俺がそう言うと、ヘレンが荷物を漁《あさ》って布を取り出した。まだ森の中なのでかぶせたりはしない。尻尾《しっぽ》をパタパタさせているルーシーを見て、ヘレンは相好を崩す。

荷車をさすりながら俺は言った。

「これも改良して幌《ほろ》でもつけたほうがいいかな。日差しを遮るし、雨のときにも荷物を大きく濡《ぬ》らさずに移動が可能だし」

「でも、森の中を進むからねぇ」

「枝にぶち当たるんじゃないかなぁ」

周りを見回しながらアンネが言って、サーミャが引き取った。鬱蒼《うっそう》とした森である。樹々《きぎ》は奔放にその枝を伸ばしている。幸い座っている間はその枝葉にぶち当たるということはないが、アンネなら今この状態で立てば頭をぶつけてしまうだろう枝がいくつか見える。

そして幌は中で立てるくらいの高さが欲しい。ということはつまり、その高さで幌を作るとあちこちに引っかかるだろうことが容易に想像できた。

「まぁ、なにかしら考えておくか」

俺はそう言って視線を前に戻す。森の出口が見えていて、その向こうではより強く日が差しているのがわかる。

そよそよと揺らぐ緑の草原が広がっている。すっかり背を伸ばし、ところどころでは日光を求めてだろうか、人の背丈ほどもある箇所が見える。

風がその表面を撫でていくのが、なびく草の動きでわかった。

「これはこれで綺麗ですね」

リディがその様を見て感心したように言った。暑さ、というファクターを除けば、美しい光景であることには違いない。

「日が直接差すとやっぱり違った暑さがあるな」

刺すような、といえばいいのだろうか。頭や背中を焦がすような鋭い暑さがやってくる。

ルーシーはさっきヘレンが取り出した布を屋根のように荷物にかけて作った日陰に潜り込んでいる。多少は風も通るらしく、快適そうに尻尾を振り回していた。

「クルルは平気そうか？」

「クルルルルル」

俺はリケに聞いてみたのだが、「本人」から返事がきた。この声の感じは機嫌がいいときのだから、きっと平気なのだろう。

「キツくなってきたら、ちゃんと止まるんだぞ」

「クルー」

わかったわかった、とでも言うように、クルルは軽く頭を振って一声鳴く。せっかく機嫌がいいのに余計なことを言ってしまったかな。

あるのかどうかわからないが、もしクルルに反抗期が来てしまったら、俺は相当なショックを受けるに違いない。見ればディアナも複雑そうな表情をしているから、同じことを思っているようだ……多分。

そんな未来の杞憂《きゆう》も載せて、クルルの牽《ひ》く竜車は暑い夏の日差しの中、一路街へと街道を進んでいった。

日の光がジリジリと身体を焼く。これは幌とまではいかずとも、屋根みたいなものは付けたほうがいいかもしれないなぁ。

四隅に長い棒を立てて、布を張るみたいな方式なら森の中や荷物の積み下ろしのときなんかには畳んでしまえるからありかもしれない。

問題はいささか見た目がよろしくないということだが、利便性に優先するものはあるまい。別にこれで諸国漫遊したりするわけでもないし、うちは貴族でもない。いや、二人ほど貴族はいるのだが。

それでもまだ前の世界の夏ほどではないし、風が吹けば森の中ほどではないにしろ涼しさはあるので、更に暑くなるようなら考えよう。すぐ出来るし。

暑いと獲物を待つのも命がけになってくるからなのか、野盗のたぐいが出ることもなく、街の入り口にたどり着いた。

「どうもー、今日は暑いですねぇ」

いつも入り口で見かける衛兵さんに声をかける。彼は軽く手をあげて返事をしてくれた。

「おー、あんたらか。すっかり夏だなぁ」

彼はそう言って、腰に下げた水袋から一口飲む。さすがに金属鎧《よろい》を着けて立ちっぱなしだからなぁ。水分補給の重要性を知っているのも、科学的なものというよりは経験則からくるものに違いない。

彼はふぅと一息ついたあと、一瞬だけ俺たちに視線を飛ばすと、すぐに視線を街道に戻す。

俺たちは通っていい、ということだ。顔なじみであっても最低限のチェック（本当に最低限ではあるが）だけは欠かさない。

そんな彼に何事もおこらないことを内心祈りつつ、通り過ぎるときに頭を下げた。

街の賑《にぎ》わいはそんなに変わらない。少しだけ人の出が少ないかな、というのと、街に住んでいるのであろう人々の服装がやや軽装ということくらいだ。

一方、よそから来たっぽい人達はすこし着込んでいる。防寒というよりは純粋に身体の保護だろうな。我慢できなくて脱ぐほどではないのだろう。つまり、多分この場でいちばん暑がっているのは俺なんだろうな。

いつもの強面《こわもて》で通りを睨《にら》むように座っている屋台のオッさんも、いつもより少し薄着で小さく荷台のルーシーに手を振っていた。クルルが見えたであろうくらいからちょっとソワソワしていたので、楽しみにしてくれているのだと思うとちょっと嬉しい親心である。

気がついたルーシーが「わんわん！」と声をあげ、尻尾をブンブンと振るとオッさんの相好が少し崩れた。あのオッさんが何者かは知らないが、そのうち撫でるくらいのことはさせてやろう……。

カミロの店の倉庫に荷車を入れ、荷車から外したクルルとルーシーも連れて裏手に行くと、いつもの丁稚《でっち》さんが飛び出してきた。彼も半袖《はんそで》短パンになっている。少年という言葉そのままの風貌《ふうぼう》によく似合っていた。

「やあ、暑いねぇ」

「そうですねぇ。あ、クルルちゃん達はあっちへどうぞ」

丁稚さんが指した先には、壁に長い木の板が立て掛けてある。結構広い範囲で、クルルでも余裕で座れそうだ。

「あそこだと日陰になるので」

「おお、すまないな、ありがとう」

俺はそう言って、丁稚さんの頭をガシガシと撫でる。丁稚さんはちょっとくすぐったそうにしたあと、クルルとルーシーと一緒に移動していった。ルーシーが足元に体を擦り付けているが、あれは丁稚さんの足をもつれさせようとしているんだろう。

「〝おいた〟したら、遠慮なく怒ってくれていいからな」

「いえ、大丈夫ですー！」

丁稚さんはつっかえつっかえ、日陰に入っていった。俺たちは微笑ましい気分でそれを見送りながら、中に入る。俺の肩のＨＰは順調に減っていた。

「暑くなってきたのにすまんなぁ」

カミロは商談室に入ってきて、開口一番そう言った。番頭さんはいない。先に品の確認をしに行ったんだろう。

「仕事だからな。ここからの収入がなかったらメシが食えないよ」

俺は苦笑してそう返す。……そう返しはしたが、嘘《うそ》といえば嘘である。家族がクルルとルーシーも含めて九人いたとしても、しばらくはなんとかできるだけの蓄えがある。

それに、食料も燃料もある程度は自前で調達できている。もし今この瞬間、契約打ち切りのようなことになっても、一〜二年くらいはもたせられるだろうな。どうしようもなくなってきたら、皆にはそれぞれの場所へと移ってもらうしかないが、それはだいぶ先の話のはずである。

「そうか。まぁ、雨期と違って雨が続いたりとかじゃないからな。来てくれるなら俺も助かる」

「売れてるのか」

「まぁね」

カミロはニヤリと笑う。これはなんかあるときだな。俺の近くに座っているヘレンからわずかばかりの殺気が放たれた。これはイラッとしたんだな、きっと。

「お前から預かってた、というか教えてもらったやつがあっただろう？」

「教えた……？　ああ、サスペンションか」

俺が言うと、カミロは「そうそう」と頷《うなず》く。

「あれの量産を始められてな。手始めにうちの馬車につけていくことにしたんだよ。いやぁ、あれはいいな」

「おお、そうか！」

ちょっと前に「そろそろ量産が始められそうだ」とは言っていたが、とうとう始まったのか。これで物流が少しスムーズになっていくはずである。

そして、物を運ぶことがスムーズになるということは、すなわち軍隊なんかの輸送もスムーズになるということだ。それが何を引き起こすのかまでは、神──〝大地の竜〟でもいいが──ならぬ俺にはわからない。

なるべく世界が平穏でいてくれると嬉《うれ》しい、と願うより他ない。もしかするとリュイサさんが接触してきたのは、その辺もあるのかもしれないが。

「で、ちょっと遠くまで運べるようになったんで、その分、お前のものも遠くまで持っていってるんだよ。今のところは売れ行き好調ってところだな」

カミロの言葉に、小さく「おぉ」と言ったのはサーミャとリケだ。ここに卸す商品には彼女たちの手になるものも含まれている。それがよく売れていると聞くのは純粋に嬉しいだろう。俺だってそこは嬉しい。

「なるほど。数を増やしたりとかは……」

俺がそこまで言ったところで、カミロが首を横に振る。

「ま、ここに持ってくりゃいくらでも捌《さば》いてやるけどな。わざわざ増やしてもらう必要まではないよ」

ふーっとため息をついたのは、うちの家族の誰かだ。誰かまではわからなかったが。ガチャリと扉を開けて、番頭さんが入ってきた。カミロは言葉を続ける。

「で、あのサスペンションと合わせて、今回はこれくらいだろうってことになった」

番頭さんは手にしていた革袋をテーブルに置いた。俺は中を確認する。

置いたときの音からまさかな、と思っていたが、そこにはたくさんの金貨が詰まっていた。

「おいおい、こりゃあ一体なんだ」

「なんだって、金だよ」

「いや、そりゃわかってるが……」

すっとぼけた答えを返したカミロに俺は苦笑する。俺が聞きたいのがそこでないことは彼も理解しているだろうとは思うが。

「それはサスペンションの分だよ」

「いらないと言ったと思うが」

俺がそう言うと、カミロは大きくため息をついた。

「そうは言うがな、エイゾウ。俺はこれからサスペンションで儲《もう》かるわけだ。まぁ、まだよそには売ってないから、これは俺の予測だけどな」

俺は頷く。前の世界の知識から見ても、ほぼ確実に売れると思う。そのあたりの権利の概念なんてほぼないも同然だから、ガンガン真似もされるだろうし、早晩頭打ちにはなるだろうが、それまではカミロの独占状態だ。

カミロのことだ、その頭打ちまでの期間をなるべく延ばす方策も練っているに違いない。でなければ、彼がおいそれと外に出すわけがないのだ。

「そのときにタダで儲けていたら、売れるたんびにお前に申し訳なく思わなきゃいかんわけだ」

俺は小さく鼻を鳴らす。

「へっ、お前がそんなタマかよ」

「心外だな。わりと繊細なんだぞ」

わざとらしく悲しそうな顔をしてみせるカミロ。しかし、すぐに笑顔に戻る。

「ま、それはともかくだ。お前はもう少し儲けることを覚えたほうがいいな」

大きくウンウンと頷くリケ、ディアナ、アンネ。たびたび言われていることではあるんだが、いまいち実感が湧かないんだよな……。

その一番の理由は、俺が作っている色々な製品が、今のところチートの手助けで作っているということだ。いわば「借り物」の力なので、それで儲けるのは気がひけると言うかなんというか。

しかし、この理由をカミロを含め皆に言うわけにはいかないしな。俺は腕を組んで、首をひねる。

「うーん、そういうもんかね」

「そういうもんだ。正当な仕事には正当な報酬、そうしたほうが俺も気兼ねがないってのは本当だしな」

からから笑うカミロ。ふと見ると、番頭さんとも目があったが、彼も微笑みながら頷く。

「そういうことなら、これはありがたく頂戴《ちようだい》しておくよ」

俺は金貨の詰まった袋の口を締めようとして……その前に、十枚ほど抜いてテーブルに置いた。

それを見てカミロは片眉《まゆ》をあげる。声の位置からしてアンネのものらしき、「あっ」という声も聞こえた。

「……これは?」

「前払い。北方の〝コメ〟というものを入手してほしい。栽培は考えてないから、食料としてでいい」

前の世界の日本人が想像する、水田で育てる水稲が成長するにはなかなかに厳しい気候条件や作業が必要である。水稲に比して食味や収量に劣る陸稲なら、あの森でもワンチャンなんだろうけどな。とりあえず前の世界のものほど美味くなくても、一度米を口にしておきたいのである。元日本人だし。

「それと……」

「まだあんのか」

大げさに驚くカミロに、俺は頷く。

「珍しい金属があればなんでもいい。入手しておいてくれ。金はここから出してくれていいし、足りなければまた持ってくる」

カミロはさっきついたのと同じくらい大きなため息をつく。

「物好きだなぁ」

「まぁな」

そう言って笑いあう俺とカミロ。

ふと見ると、珍しい金属と聞いてリケが目を輝かせ、ディアナが大きくため息をついている。リディもアンネの肩に手をおいて、「ああいう人ですから」とよくわからない慰めをしていた。サーミャとヘレンはこのあたりに興味はないらしい、姉妹みたいに揃《そろ》ってあくびをしている。

カミロはそれを見てニヤニヤと笑って言った。

「勝手に前払いしてよかったのか？」

「いや……まぁ……大丈夫……だと思う」

俺は少しだけ背中に冷たい汗が流れるのを感じながらそう言った。金貨十枚というとかなりの大金ではあるのだが、うちには鍛冶屋《かじや》としては不相応なくらいの蓄えがあるし、今もらったぶんでも袋に残る金貨のほうが多いくらいなのだ。

ディアナが再び大きくため息をつく。

「あなたが作ったもので稼いだんだからいいんじゃない？」

語気にやや鋭いものがあるが、仕方ないなぁと苦笑しながらディアナが言った。皆も頷いている。

とりあえずこれで事後承諾ではあるが了承を得た。

「じゃ、じゃあ、用事も済んだし早く帰ろうかな。また二週間後に来るよ」

俺は慌てて席を立つ。カミロは今日一番の呵々《かか》大笑をしながら、

「おう、またな」

と〝いつも〟の商談を終えた。

商談室を出ると、ほんのわずか暑さが増したように感じる。廊下は日が差すからな……。

階段を降りて裏庭に向かう間、俺にアンネが話しかけてきた。

「宝石はよかったの？」

「ん？　ああ、あれか」

アンネが言っているのは、邪鬼《トロール》退治のご褒美にとリュイサさんがくれた宝石だろう。

「今すぐ換金しなけりゃならんこともないし、金貨に替えるよりはあのままのほうがかさばらんで済む」

「まぁ、そうねぇ。結構価値のありそうなのもあったし」

「鍛冶屋目線だと〝面白そう〟なのはなかったけどな」

ちらっとチートで確認した限り、もらった中に希少な金属は含まれていなかった。本当にただの、と言っては語弊があるだろうが、宝石以外の何物でもない。

その価値を今知っておく意味もそんなにはなさそうだし、しばらくはあれもうちの資産としてしまっておかれることになる。

「でも、そろそろ金貨だの宝石だのをしまっておく場所は考えないといけないかもなぁ」

こうして二週間に一回なんていうペースで街と往復していると忘れてしまいそうになるが、他に誰が来ることもない〝黒の森〟の奥にある我が家である。気楽に行き来ができるような場所ではない。

迂闊《うかつ》に足を踏み入れれば迷う鬱蒼《うっそう》とした樹々に、天然の警備兵として機能してしまっている狼《おおかみ》達もいる。イレギュラーにはなるが熊や猪《いのしし》、鹿たちも本来は相応に危険な生物なのである。それに出くわせば無事では済むまい。

よしんば付近まで来られたとして、〝人避《よ》け〟の魔法があの家の周囲にはかかっている。それを突破できなければ我が家へたどり着く事はできないのだ。警備が厳重な基地の中に住んでいるようなものである。

逆に言えば、これらを全て突破できる人間（例えばヘレンやアンネだ）は相応に実力と、それに運があるということになるわけで、そんな人間に留守を狙われたら、多少の防犯をしていたところで意味はない。

なので、防犯については軽く考えがちなのも、致し方ないことなのである。しかし、それは今後も無防備なままでいい理由にはならんわけで……。

「隠し金庫まではやりすぎとしても、ちょっと盗むには厄介な何かが必要かもしれないわね」

「俺が本気を出せば、宝剣でもなけりゃ砕けない金庫は作れると思うし、作って倉庫にしまっておくのはありだな」

苦労して倉庫から運びだし、ちょっと離れたところで中身を確認……と思っても周囲は全て〝黒の森〟だ。中身の確認をしている間も常に危険がつきまとう。

かといって、重い金庫を森の外へ運びだすのも、それはそれで大変に苦労するだろう。そんなものを盗んでいこうと思うやつはそうはおるまい。

「倉庫に？　目が届かないわよ？」

「家でこそ泥と出くわして万が一の目にあうよりは、知らん間に持っていってくれたほうが、まだ俺たちの危険が少ないだろ」

「クルルたちは？」

「あの子らは賢いし勘が鋭いから、ヤバけりゃ逃げてくれる。そうでなきゃ、そもそもどこに置いてあろうと俺たちに警告してくれる……はずだ。全く繋《つな》いでないし」

ドヤドヤと実力者複数人に押し寄せて来られた場合も、諦《あきら》める他ない。家と鍛冶場の放棄も想定に入れて動く必要がある。

アンネは大きくため息をついて言った。

「エイゾウも重々自覚してるとは思うけど、うちには〝森の中の鍛冶屋〟としては分不相応な金品があるってのは覚えておいたほうがいいわね。カミロさんもエイゾウに何かありそうなら排除しようとするだろうし、それは侯爵閣下や伯爵閣下も一緒だろうけど、それでも抗《あらが》えないときってのはどうしてもあるから」

「それは……そうだな」

王国ではほぼ最高レベルの人間とつながりがあるとはいえ、それが安全を保障してくれるわけではない。例えば帝国皇帝陛下が直接手を下したり、といったことも非常に難しい話ではあるが不可能ではないのだ。

なにせ知らない人間から見れば、俺はただの鍛冶屋のオッさんでしかないわけだし。いや、実際に鍛冶屋のオッさんでしかないんだが。

それにずっと気になっているのは、マリウスの――エイムール家の騒動のときに、カレル（エイムール家の次兄で、伏せられているが今は故人である）の手助けをしたのは誰かという話だ。あれはマリウスもディアナも「カレル一人で出来ることではない」と言っていたし、相応の人物が手引きしていたと見て間違いない。それは関わった人間全ての見解でもある。それを考えれば……。

「うーん、我が家の要塞《ようさい》化と、避難用の家の建築も視野に入れるべきか……？」

ポツリと漏れ出た俺の小さな言葉に、喜ぶ声とドン引きする声が混じって裏庭に響いた。

カミロの店の裏庭に、それはあった。大きくそびえ立つ木の板に囲まれたそれはさながら要塞のようでもある。

いや、それは流石《さすが》に言いすぎか。丁稚さんがそうやって作ってくれた日陰で、うちの娘二人は寝てはいないものの、ゴロリと転がっていた。

寝転んでいるうちの娘さんたちのそばで座っていた丁稚さんが、俺たちがやってきたことに気がついて立ちあがる。

「あ、どうも」

「いつもありがとうな。これ大変だったろ」

「いえいえ、お店のみんなも手伝ってくれましたので」

「へぇ、なるほど」

いつもお守りに借り出してしまって悪いなと思っていたのだが、案外この店の皆も丁稚さんとうちの娘たちとのやりとりを微笑ましく見守ってくれているのかもしれない。

それならばと、俺はいつも渡しているチップをいつもよりかなり多めにしておいた。働きには報酬で報いるべし。俺が言っても微妙に説得力がないような気はする。

「手伝ってくれた店のみんなとわけてな」

「いつもすみません」

「なに、こちらこそ」

ペコリと下げた丁稚さんの頭を、俺はガシガシと撫《な》でた。

気がつけばクルルとルーシーは起きあがり、ルーシーはディアナの周りをトテトテと走り回っている。ディアナは、

「こらこら、危ないわよ」

なんて言っているが、デレッデレなのを隠しきれていない。俺はディアナのそばにいなかった。つまり、俺の肩は今のところ無事ということだ。

クルルは倉庫のほうへ向かうリケとリディの後ろをついていった。自分が何をすればいいのか完全に理解しているように見えるのだが、親バカというものだろうか。まぁ、自慢の娘だ、多少の贔《ひ》屓目《いきめ》はしかたない。

荷車を繋いだら、すぐに皆乗り込んで街をあとにする。何もなければ次に来るのは二週間後になる。

次来るときにはこの街は様子を変えているだろうか。それとも同じだろうか。そんなことを考えながら、俺は街ゆく人々を眺めていた。

帰りの道中も何事もなく、無事に家へと帰り着けた。基本何事も起きないので、もしかしてこの世界は安全なのではと勘違いしそうになる。

しかし、街道では衛兵隊の巡回が頻繁であること、森ではサーミャが面倒なところは避けてくれているのが大きい。このどちらかがなければ、結構な確率で厄介事に巻き込まれていたに違いない。

そのぶんの反動なのか知らんが、厄介事が起きるときにはたいてい大事なのが難ではある。でも、これは衛兵隊もサーミャも関係のない話だからな……。

いつものように家に帰って、荷物をおろしていると、先に家のほうに行っていたリケに呼ばれた。何事かと行ってみると、彼女は木切れを手にしている。

「これが扉の前に置いてありました」

リケに差し出された木切れを手に取る。見ると表面に傷をつけて小さな文字が書かれていた。それを読むと、

〝エイゾウさんへ　今日寄らせていただいたのですけど、お留守のようなのでまた来ます　ジゼル〟

とある。スッとした文字で傷を入れただけにしては読みやすい。これ、俺があげたナイフで書いたのかな。

「ジゼルさん、来てたのか」

「みたいですね」

おそらくは温泉の場所の話をしに来たのだろう。〝病気〟のほうなら帰らず待っていただろうし。温泉の場所の話は、早いと嬉《うれ》しいが遅くても困らないというやつだし、次来たときにはおもてなしするか。

「こういうときに来たのがわかるなにかを作ろうかなぁ」

ほとんど客の来ない家ではあるし、目的があれば待っていてくれる客のほうが多いが、それでもたまに来てくれる人の利便を考えてバチが当たることはあるまい。

「いいですね！」

と、新たに何かを作ることにワクワクしているリケを家の中に入れると、俺は荷おろしの続きをしに荷車のほうへと向かった。

8章　夏の〝いつも〟

「ということで、渡り廊下の製作に入ろうと思います」

納品のために街へ行ってから一週間ほど。次に納品するナイフ、剣（長短両方）、槍《やり》を作り終えた日の夕食の席で俺はそう宣言した。皆「おお～」とか拍手してくれる。

「そう言ってはみたが、どういうものを作るのかはまだ決めてないんだよな」

「どういうもの？　渡り廊下に種類があるのか？」

サーミャが首を傾《かし》げた。俺は頷《うなず》く。

「やるかどうかは別として、地面からの高さをつけるか、とかその辺だな」

「あんまり高いと渡り廊下を横切れなくなりますね」

そう言ったのはリディだ。彼女はクルルとルーシーを除けば、家族の中で一番庭をウロウロしていると思う。

リケはあんまり庭に出ないし、他の四人は稽古《けいこ》に表庭へは毎日のように出ているが、畑や竜小屋、倉庫のある裏庭へはそんなに行かない。単純に用事がそんなにあるわけではないからだ。

俺は再び頷いた。

「クルルとルーシーも繋いでないから、あんまり高いと移動できなくて困るだろうし、高くするのはなしかな」

「そうねぇ……」

ディアナがおとがいに手を当てて首を捻《ひね》る。娘たちのことは〝ママ〟の意見を容《い》れるに限る。

「普段ももちろんだけど、いざというときにあの子たちの動きを阻害するのはよくないわね」

「だなぁ」

例えば火事のときに逃げ場を塞《ふさ》ぐようなことがあっては一大事である。

もちろん、いざというときには渡り廊下も家も一切合財を打ち壊してでも、クルルとルーシーを守るつもりでいるが、それが可能な状況ばかりとは限らない。

そんなときに後悔しなくてすむのであれば、普段の快適や利便、デザインその他あらゆるものをうっちゃる覚悟だ。

スッと小さく手をあげて話しはじめたのはリディである。

「雨のときにも小屋と倉庫へ、ゆくゆくは湯殿へ行けるようにする、という目的を達成できればいいのであれば、地面に板を敷くとかでもいいのでは？　そうすれば、計画が変更になったときも比較的楽ですし」

「そこに屋根をかければ目的は果たせるか」

コクリ、とリディは小さく頷いた。これからできる施設が湯殿（温泉）だけとは限らない。そのときに作り換えるなら楽なほうがいいか。土の上に敷くのではいずれガタが来るだろうが、そうなったら都度メンテナンスすればいい。

前の世界でも似たような感じで整備されている山中の遊歩道（さすがに屋根はなかったが）を見たことがあるし、そう荒唐無稽《こうとうむけい》な話でもない……はずだ。森の中も似たようなもんだろうし。

「じゃ、柱を立てて屋根をかける。廊下部分は板……というか、小さな柱のようなものを並べて作るってことで、早速明日からはじめよう」

俺の言葉に皆から同意の声が返ってくる。なんとなくそういう気分になって、俺たちはそのまま乾杯をした。

◇◇◇

翌日。水汲《みずく》みや朝食を終えて、一家は娘二人も含めて庭に集まっていた。

「さて、役割分担だが、希望はあるか？　他のことがしたかったら別にそれでもかまわんぞ」

これが部屋の建て増しとかであれば、力が強くて身体《からだ》の大きいヘレンとアンネをどこに回すかが重要になってくる。速度やらが段違いだからだ。

しかし、今回はそうではない。さすがにすぐ柱が倒れてくるようなことがあれば問題だが、多少のことでは倒れない程度の強度が確保できればいい。

日常的に通る場所でもあるし、危なそうならすぐにわかるから、危険箇所は発見次第補修すれば問題はあるまい。

それに、多少時間がかかるくらいはよかろう。今までのものとは違って、あったら嬉しいことは確かでも、なくて今すぐ困るようなものではないからだ。

であるならば、だ。同じやるなら少しでも楽しくやりたいし、他にやりたいことがあるならそっちを優先してもらいたい。

幸いにして、他のことがやりたいと言いだす家族はいなかった。まぁ、都と違って何ができるというわけでもないからな……。

娯楽の少なさはこの森暮らしの欠点だ。繕いものをはじめとして身の周り品の修繕など、日常的にやらねばならんことも結構あるから、今のところ目立ってはないが。

「よし、それじゃあ、はじめるか。廊下の道筋を引いていくから、それに沿って柱を立てていこう」

森の中に賛同の声が響く。それは、この森にささやかながら新たなものが産まれる小さな小さな産声のようでもあった。

テラスの脇に棒を立てて紐《ひも》をくくる。紐をピンと張るように伸ばしていき、限界のところでそのまま保持してもらう。

あとはそれに沿って線を引けば、ほぼ直線になるというわけだ。多少の歪《ゆが》みが発生してもそれは愛嬌《あいきょう》である。

地面は硬いので、うちにある槍（もちろん売り物でないやつだ）の石突きを使って、線を引いていく。思ったよりも長い直線が引けたが、これはまだ第一段階に過ぎない。

一旦《いったん》紐を回収したら、別の棒切れを用意した。長さ的には一メートルくらいだ。これをさっき引いた線の始点と終点にあてがって、一メートルの間隔を開けて平行な線を引くというわけだ。人が二人並べるくらいの幅なので、渡り廊下としては十分だろう。一応ではあるがクルルも通れる。

同じことを繰り返して、まだその存在すらない渡り廊下は小屋の近くへと繋《つな》がった。小屋と渡り廊下の間にも屋根をかけても問題ないだろう。高さを稼がないとダメなので、屋根の意味がどれくらいあるのかは疑問だが。

その終点から横に向かって線を延ばす。今度は倉庫に到着した。これで一通り線を引き終わったことになる。あとは柱を立てて、屋根をかけ、木を敷いて通路にするだけだ。言葉にすれば簡単だが、それなりに大変な作業ではある。

「それじゃあ、分かれて作業するか」

俺がそう言うと、了解の声が返ってくる。もちろん「クルルルルル」という声と、「わんわん！」も一緒だ。

柱と屋根の作業は部屋の建て増しを繰り返してきた我が家ではそれなりに手慣れた作業になってきた。一定間隔で穴を掘り、穴の底を固めて、穴に木を立てる。これは力の強いリケとヘレンにアンネ、そしてクルルが担当した。

もちろん、他のメンツもその間のんびりしていたわけではない。サーミャとリディは屋根にする木の板を切り出していたし、俺とディアナも通路に敷くための木を切り出していた。

「これはこういう形でいいの？」

ディアナが木を手に言った。長辺が十センチ、短辺が五センチ、長さが一メートルほどの角柱である。太い木から切り出しているので結構な数が出来るはずだ。

「そうそう。大きさはまぁ大体でも問題ない」

俺は頷いた。「板を敷く」方式とはいえ、枕木みたいな板を少し埋没させて敷設していけば、地面から多少の高さが出るのでよほどでないかぎりは水があがってくることもあるまい。どうしても水が溜《た》まるようなら排水用の溝をつけることも考えてもいいし。

静かな森に、作業の音が響き渡る。元々ここは〝黒の森〟の中でも魔力が濃くて普通の生き物は近寄らないという話だが、これくらい音がしていると警戒して寄ってこないだろうなぁ……。

そろそろ、この森の狼《おおかみ》や熊の方々にも「あそこは寄っちゃダメ」と認識されているのではなかろうか。鹿や猪《いのしし》は逃げられると貴重な食料源がなくなってしまうので大変に困るのだが、狼や熊といった危険な動物は近寄らないでいてもらうに限る。

「わんわん！」

そんな俺の考えを知ってか知らずか、ルーシーが作業しているみんなの間を駆け回る。穴を掘ったり、小さな木切れをくわえて運んだり、忙しそうにしているので本人は手伝いをしているつもりなのだろう。

助けになっているかといえば、それはもちろん全くなっていないわけなのだが、こういうのは気持ちの問題である。

「いずれ手伝えるようになるのかなぁ」

「そうかもね」

ルーシーは木から払った枝をくわえて、サーミャとリディのところへ意気揚々と運んでいく。それを眺めながら、俺とディアナは言った。ディアナの目尻《めじり》は完全に下がっている。多分、俺も同じようなものだろう。

親にとって頑張る娘の姿は、どう見たって可愛《かわい》いのだ。たとえ今後ルーシーが体高二メートルの超巨大な狼になろうとも、それはいつまでも変わらないことだろう。

今はまだ線しか引かれていない渡り廊下を通るルーシー。まだ道とも言えないような道を小さな身体が通るその姿が、一瞬、立派な渡り廊下を歩く優美な狼の姿に、俺には見えたのだった。


まる一日を費やして、柱チームの作業はほぼ終わり、道と屋根チームは材料の切り出しを完了して明日以降は組みあげに入ることになる。

「時々やってるけど、こういう作業もたまにはいいなぁ」

作業あがり、片付けも終えた俺はそうひとりごちた。サーミヤ、ディアナ、ヘレン、アンネの剣の稽古組はテキパキと片付けをすると、そのまま訓練用の木剣を取るため、飛び込むように家に戻っている。

ここらでは最強と言って差し支えないヘレンから毎日のように稽古をつけてもらっている他の三人は、メキメキと実力を伸ばしているらしい。

「もう一ヶ月か二ヶ月か、それくらい鍛えたら、都のあのなんとかって騎士団長より強くなると思う」

と、最近ヘレンが言っていた。なるほどリュイサさんがこの森の最強戦力と太鼓判を押すわけである。

サーミャはともかく、他の二人は預かっている、ということにはなっている。例えばアンネを帝国最強の剣士として帰すことになるのもどうかとは思う（まぁ、あの皇帝陛下なら喜ぶかもしれんが）のだが、ニコニコと話すヘレンを見て、俺は「ほどほどにな……」と返すのが精一杯だった。

今日もクルルとルーシーに見守られながら、ワイワイと過ごすのだろう。

そんな四人を見送りながら、使っていた道具を担ぐと、リケがあたりの様子を感慨深そうに見ていた。俺もぐるりと見回してみる。

最初はこぢんまりとした家と鍛冶《かじ》場だけだったが、部屋が増えてテラスも出来た。裏庭が中庭になり、そこにはリディのおかげで立派になった畑がある。表庭の隅には試しうちや訓練のための的も立ててあって、そこだけ訓練場のようにも見える。

そして、クルルとルーシーの小屋が建てられ、その隣には二つの倉庫もある。そして母屋と小屋、倉庫を繋ぐ渡り廊下を建築中である。

水は今も湖へ汲《く》みにいっているが井戸もあるので、水不足に困ることはあまりないだろう。今度温泉も湧く予定だし。

部屋も今は空き部屋があるが、万が一アレが埋まって更に部屋を増やす場合、今のところどんどん延伸するつもりでいる。だが、それよりも離れのようなものを作ってそれを建て増したほうがいいかもしれない。

俺がそう思ったのを察知したかのように、リケが言った。

「そのうち、ここが村になってしまったりしないですかね」

「う、うーん……」

そうやって離れだなんだと居住空間を増やしていくと役割分担も進み、それぞれの生活というものが生まれてくる。全員が家族であろうことに変わりはないが、共同体と言っていいレベルまで達したとき、その地域をなんと呼ぶかといえば「村」とはなるだろう。

水も食料もあてはあるので、多少人数が増えたところで生活を支えていくのが困難になることはあまりないだろう。成立できるだけの条件は整ってしまっているのだ。

「元々住んでたサーミャと弟子のお前はともかくとして、ここで匿わなきゃいけない人間もそうそう増えないだろ……」

ディアナは王国伯爵家令嬢、アンネは帝国第七皇女、リディは希少な知識を持っているエルフだ。ヘレンは傭兵《ようへい》だがここらのパワーバランスに関わりかねない腕っこきである。そもそも生活に魔力が必要なエルフのリディは選択肢がないのもあるが、いずれ街や都で匿うにも差し支えのある立場だ。

そんな人間に村を作れるほどゴロゴロ出てこられたら、この世界の統治はどうなっているんだと言わざるを得なくなってしまう。それこそリュイサさん経由でもいいから〝大地の竜〟に猛抗議を入れなければいけないだろう。

そういうふうなことをリケに言うと、彼女は懐疑的な目をして言った。

「ここらだと共和国もありますし、親方は厄介事に巻き込まれやすいですからね」

「はい……気をつけます……」

四人には失礼だが、まるで捨て猫をどんどん拾ってくる子供をたしなめる母親のようだなと思いながら、俺は身を縮こまらせるのだった。


夕食のとき、ふとうちには王国と帝国の人間がいるんだよな、という話になった。そのときに出たのが「今のエイゾウ工房はどういう立場なのか」である。

結論としては「周りから見れば中立」という話にはなったのだが、いざ何かが起きたときのために、どう振る舞うかをあらかじめ決めておくのも大事ではないか、とアンネが言い出したのだ。

「とは言ったものの、前にも言ったけど帝国《うち》としては他国に肩入れさえしなければ文句はないんだけどね」

「うちは王国だけど、兄さんもそう言うでしょうね」

「俺も前に言ったけど、実際のところどっかに属してる意識はないからなぁ」

たまたま居を構えた……というか、家をもらったのが〝黒の森〟だったというだけで、これが帝国の山岳地帯ならそこで暮らしていただろう。

リュイサさんの態度から見るに、〝黒の森〟なのにはある程度なんらかの意図があるのだろうな、というのはわかるのだが。ここらは他の家族には言えない事情である。

「居住地と巡り合わせで王国の上のほうに友人が出来たというだけで、いざ王国と帝国が戦争だなんてことになったときに、『じゃあ王国の手助けをしてやろう』ってことでもないし。個人としてのマリウスを助けるということなら異論ないが」

俺が知っているかどうかで言えば、王国の国王は見たこともないが、帝国の皇帝には会ったことがある。その流れだけで言えばまだ帝国のほうが親近感を持てる。だからと言って助けよう、とならないのは帝国も王国も変わらない。

しかし、友人を見捨てるようなことをしたくないのも確かではあるのだ。アンネが大きくため息をつく。

「結果として王国寄りということにならない？　伯爵から依頼があればそれをこなすつもりがある、ってことでしょう？」

「うーん、まぁ、それはそうなるかもなぁ……」

マリウスに「すまんが剣を十本用意してくれ」と言われたらどうするだろうか。最上級のものを用意しないにしても、受けるような気はする。

「振る舞いという意味では来た依頼は基本断らない、て事になるとは思う。帝国からも依頼が来るんじゃないのか？」

「ああ、それはありそうね」

「だろ？　で、俺はそれも断るつもりはない」

距離とかルートの話でマリウス……王国側のほうが話が通しやすいというだけで、帝国も今はカミロにルートがあるから、多少の困難はあるにせよ依頼は出来るはずなのだ。

その意味ではカミロはうちに近い立場かもしれない。なるほど、家族が「悪友三人組」と呼ぶわけだ。

「俺の……俺達の作ったもので人が傷つけあうし、なんなら死ぬということについては、もう飲み込むしかないと思ってるよ。その事実を忘れるつもりもないけどな」

これはまだここに来て間もない頃。サーミャとリケとディアナしかいなかったときに吐露した俺の心情だ。どうすればいいのか、あのとき迷いはしたが、俺はもう迷わないと決めたのだ。

「どちらの依頼も受ける、ってことね」

「そうなるな」

やはり立場としては中立になる。仮に魔王と勇者（こっちはいるか知らんが）の両方から依頼を受けても、俺はどっちの剣も打つだろう。

直接的に利害のある二人も、結局この結論には文句がないようだ。他の「まぁ、住んではいるけど……」な四人はというと、

「アタシは王国と帝国とかで、どっちがどうと言われても興味ないなぁ」

「アタイも同じく」

「私もあまり……」

この〝黒の森〟に住んでいたサーミャは国家というものの実感がない。町暮らしの獣人族であればまた違うのだろうが。

ヘレンはヘレンで傭兵である。ちゃんと金を払ってくれるなら陣営はあまり関係なさそうだ。帝国には嫌な思い出があるから同条件なら王国を選ぶかも、くらいだろう。

リディはエルフということもあって、ある程度世間とは隔絶しているようなものだからなぁ……。

「私は親方の選択に従いますよ！」

と、力強く宣言したのはリケだ。それを見て、周りの皆が「やっぱりな」と「やれやれ」の混じった表情になり、話は終わった。

9章　夏の夜の授業

一夜明け、再び渡り廊下の建築に取り掛かる。柱チームのアンネとリケは屋根チームに転属、ヘレンは道板チームだ。背が高いヘレンを屋根のほうに回さなかったのは、リケのほうが屋根を作るのには慣れているから、という理由である。その代わりと言ってはなんだが、うちで一番背の高いアンネも屋根のほうに回している。

柱を立てるのに重機として大活躍していたクルルは、運搬を受け持つことになる。チアリーダー（ウルフ？）のルーシーはその大事な役目を引き続き行ってもらうことにした。

屋根チームは柱と柱をつなぐようにテキパキと梁《はり》や桁《けた》を組みあげていく。流石《さすが》に今日明日では終わらないだろうが、それも可能なのではと思うくらい速い。

一方、道板チームは枕木――鉄道がないので〝のようなもの〟だが――を埋めるためにスコップで地面を掘り、そのくぼみに枕木を並べていく作業だ。これはこれで今日明日では終わらないだろう。早めに終わらせてはおきたいが、どうしても急がねばならない作業でもないし、次の納品日に納品するものはもう作り終えているので、次の次の納品に影響が出なければとりあえずは良し、である。

「じゃあ、俺が掘っていくから、皆は木を並べていってくれな」

『はーい』

どういうことなのか、生産のほうのチートがこの作業にも適用されるみたいなので、それに従って俺が掘っていき、他の皆で枕木を並べ、埋めていく方式を採ることにした。多少は平らでなかったりするかもしれないが、あまりにも歩きにくい以外は目をつむることにするのだ。多少道に凹凸がある程度も気にしないとダメなほど慎重に運ばないといけないものは、そもそも倉庫に入れずに家の物置のほうに入れるし……。

増強された筋力とチートによって、この森の硬い地面でもどんどん凹字に掘れていく。ときには石も出てくるが、それをヘレンが取り除く……というか、小さいものはものすごい速度で遠くへ放り投げている。

同じ方向に投げ続けているので近寄る人がいたとしても、その方向からの接近を避ければいいのだが、運悪く通りすがった鹿でもいたら仕留められているかもしれないな……。サーミャもルーシーも反応しないので恐らくは大丈夫なのだろうと思うが。

石を取り除いてできた穴には掘り出した土を詰めて軽く叩《たた》いて固めている。そうして平らにしたくぼみの底に枕木を横に並べていって、隙間にはやはり土を埋めていく、という作業を繰り返していく。

その合間合間に、ヘレンが放り投げた石をルーシーが喜び勇んで拾ってきて、褒めていいやら悪いやら（結局褒めたので再び拾いに行ったりした）などという一幕もあったりしたが、順調に作業は進み、そろそろ日も暮れるから作業を終わろうかと声をかけようとしたところ、覚えのある声がした。

「ごめんくださーい」

「はいはい」

声のしたほうを向くと、小さな人形のような姿があった。妖精族《ようせい》の長《おさ》、ジゼルさんである。俺はまず頭を下げて謝る。

「この間はすみません」

「いえいえ、お気になさらず。この〝黒の森〟で住む場所の違う互いの都合が一致するほうが本来は珍しいんですから」

ジゼルさんは鈴の鳴るような声で言ってコロコロと笑う。うちは鍛冶屋なのでしょっちゅう家にいるが、この森で暮らす〝人間〟はそうでない人のほうが多い。アポも取りようがないとなると、なるほど連絡が難しいのは確かだ。

「ジゼルさんがいらしたということは」

「ええ、そうです」

ジゼルさんは満面の笑みを浮かべる。

「温泉の場所をお伝えしに伺いました」

その話だとわかっていても、やはり嬉《うれ》しいものは嬉しい。そのときの俺の喜びようを、のちにディアナが回顧して言うには「自分に子供が生まれてもあそこまで喜ぶだろうかと思った」とのことだったので、相当に喜んでいたらしい。

「ささ、どうぞどうぞ」

それほどまでに浮かれていた俺は、片付けもそこそこにジゼルさんを家に案内し家族に呆《あき》れられるのだった。

「なんだか催促してしまったようですみません」

ジゼルさんはそう言って頭を下げた。今は夕食で、ジゼルさんにも同じものを出したところだ。俺は顔の前で手を振る。

「いえいえ、ジゼルさんくらいだと何の負担でもないですよ」

実際のところ、ジゼルさん達妖精族の人たちは全くと言っていいほど物を食べない。それはクルと同じく身体の維持をほとんど魔力で行っているからだ。

それに彼女たち妖精族は肉はあまり好きではないそうだ。そんなわけでスプーン一杯かもう少しくらいのスープのみを用意することになるのだが、それが負担になるかと言えば全くならないに決まっているのである。

ジゼルさんの前にはうちで一番小さいカップにちょろっとだけスープが入ったものが置かれている。小さいと言っても、ジゼルさんの身体《からだ》の大きさからすると、バケツみたいな感じに見える。

「そろそろ、皆さん向けの食器や家具も用意しないといけないですね」

うちには巨人族や妖精族など、人間族かそれに近い大きさではない種族向けの食器や家具は存在しない。いつか用意せねばと思ってはいるものの、必須《ひっす》のものでもないので結局用意せずじまいである。妖精族向けのものは、ジゼルさんが温泉の場所を伝えに来るのはわかっていたのだから渡り廊下より先にしてもよかったな。

巨人族向けは今のところ使うとしたらアンネの母親（つまりは皇妃なのだが）くらいなので、全く急がなくても問題はない……はずだ。皇妃様にホイホイ来られても困るし。

とはいえ、いつまでも作らないと普通の巨人族のお客さんが来たときに困るだろうから、渡り廊下を作ったあと温泉に取り掛かる前に両方ちゃちゃっと作っておくか……。

ジゼルさんは目をまんまるに開いた。お人形さんのような顔なので、実に可愛《かわい》らしい。ディアナとアンネがホクホクしている。

「いえ、そんな！」

「私達にとっても手先の練習になるんで、丁度いいんですよ。滞在していただくこともあるでしょうし」

多分、家族の皆は「病気の治療」の話だと思っているだろう。しかし、俺の場合は「前の世界の知識を妖精族に教えてほしい」という〝大地の竜〟の頼み事も含んでの話である。あんまり長く居続けるのは不審があろうが、たびたび短期間の滞在があることは同じ森暮らしのよしみということで、あんまり疑われまい。その滞在中にスキを見て伝えていくのだ。

「うーん……私が持ってくるという方法もありますが……」

「うちは鍛冶《かじ》屋ですからね。カップは木を削って作るとして、スプーンやフォークなんかは任せてください」

「ナイフの出来からしてもそうですよねぇ……。じゃあ、お願いします」

「ええ」

先の都合がなかったとしても、友人夫妻の無事という十分すぎる報酬を前払いでもらっているのだ。逆にこれくらいはしておかないと収まりが悪いように思うので、やらせてもらえるようでよかった。

「へぇ、やっぱりエルフとは違うんですねぇ」

夕食を食べながら、そう言ったのはアンネだった。エルフと妖精族はやはり違うのか？　と興味を示したのが彼女だった。ちなみに隠すことでもないとリディ自身が言っているので、エルフも身体の維持に魔力が必要であり、そのために町なんかではめったに見かけないのだということはアンネにも伝えてある。「なるほど父様が妃《きさき》に迎えられないわけだ」が聞いたときの第一声だったが。

「私たち妖精族は魔力のほうに近い存在です。それが人間族みたいな存在に寄った感じですね」

「ジゼルさんの言葉を借りれば、私たちエルフは人間族のような存在が魔力に少し寄ったもの、になりますすね」

身体の大きさこそ違えど、姉妹であるかのように似た部分がある二人は微笑《ほほえ》んだ。心なしか微笑み顔がそっくりに見える。なるほど、アンネが気になるわけだ。

「必要な魔力の量が違うのはそのあたりなんですねぇ」

『そうですね』

うんうんと首を縦に振りながら言うアンネに、やはり二人は揃《そろ》って返す。本当に姉妹のようだな、と思いながら俺はスープを一口すすった。

そうして夕食が終わったあと、ジゼルさんが宣言した。

「さて、それでは特にエイゾウさんはお待ちかねの温泉の話ですね！」

パチパチと拍手が響く。ジゼルさんは少しだけ誇らしげにしている。

「と、宣言したところで申し訳ないんですが、何か書くものあります？」

即座にすまなそうにするジゼルさん。リディがリビングの片隅に置いてある戸棚からインクとペン、それに紙を持ってきた。

筆記用具はあるのだが、妖精族サイズではない。もしかして、あの小さな身体でよいしょよいしょとペンを使うのだろうか。それはそれでちょっと見てみたいところではある。ディアナとヘレンも似たようなことを思ったらしく、瞳《ひとみ》が輝いていた。

「現地をご案内してもいいんですけどね。いろいろなお礼がてら、ちょっとお見せしようと思いまして」

そう言って、ジゼルさんはインクの入った小さな壺《つぼ》（うちにはガラスビンはない）の蓋《ふた》をよいしょと開けた。今ディアナの隣に座ってたら、肩のＨＰが減ってただろうな……。

ジゼルさんはインク壺を前に、そっと手を結んで目を閉じた。神様に祈っているようにも見える。

やがて、ジゼルさんがぼんやりと淡いピンク色に輝き出した。

「綺麗《きれい》……」

と言ったのは誰だろうか。お人形さんのような姿が淡い輝きに包み込まれ、祈っているところは確かに可愛らしさよりも神々しさを強く感じる。

光はインク壺も巻き込んだ。淡く輝くインク壺が若干シュールに見えてきた……と思ったら、中から細い糸のようなものが出てくる。

糸のようなものはインクらしい。インクはもともと生物であったかのように緩やかにうねり、体を伸ばしながら先端を紙に着地させる。

その着地点からじわりとインクが広がる。真っ黒な点が周囲を飲み込むように、ではない。それは何かを描き出していた。じわりと炙《あぶ》り出《だ》しをしているかのように描かれたそれは、見覚えのある建造物の形をしている。

「これは……うちか？」

「みたいね」

覗《のぞ》き込んだ俺が言うと、同じく覗き込んだディアナが同意した。煙突があり、レンガ造りと木の壁の部分、そして建て増しした部屋の部分、中庭の畑にクルルとルーシーのいる小屋と倉庫、そして井戸。それらが徐々に、ややデフォルメチックに描かれている。

家の周辺の見覚えのある地形も描かれていき、やがて俺と娘たちが水を汲《く》んでいる湖のほとりらしきところまで到達して止まった。

そこにあるのはシンボルこそデフォルメチックで可愛らしいが、その位置関係などはかなり精緻《せいち》なこの周辺の地図だ。とはいってもここは〝黒の森〟の中、大半が木で覆われているのだが。しかし、ちょっと小高くなっている場所なんかもちゃんと表現されている。

出来上がった地図を前に、俺達は拍手喝采《かっさい》する。ジゼルさんはもじもじと照れながら、

「あんまりこういうことはしないんですけど、今回は特別ということで」

と言った。いやぁ、いいもの見せてもらったな。一方で、

「あれって魔法？」

「いえ、ああいうのは聞いたことないですね……」

「エルフで聞いたことないなら、普通の人は知らないか」

小声でアンネとリディが会話を交わしている。まぁ、魔法で精確な地図が出来るなら欲しいに決まってるよな。勝手に作られないようにしたい、のほうかもしれないが。

「これ、いいなぁ」

「なんで？」

「ここを守るときの計画が立てられる」

「はー、なるほどなー」

やや物騒な感想なのは、ヘレンとサーミャだ。防衛計画はプロに任せるとしよう……。

地図には見慣れないものが一つ描きこまれている。泉のような形をしているそれは、このあたりにはないものだ。サーミャでなくてもあれば気がついているだろう。となれば、答えは一つ。

リケがそのマークを指差す。

「これが温泉ですか？」

「そうです。これで場所はわかります？」

心配そうに俺に聞いてくるジゼルさんに、俺は答えた。

「バッチリですよ。今からでもいけるくらいです」

温泉の場所はうちの小屋からまっすぐ西に向かってすぐのところのようだ。となれば、渡り廊下は小屋前を経由した状態で作ればいいし、今作っている渡り廊下の計画を変更する必要もなさそうである。

いざとなれば作り変えは出来るような計画にしていたが、それでも変更がないのに越したことはない。俺は内心でホッと胸をなでおろす。

胸をなでおろしたのは俺だけではなかったようで、

「よかったです。最初から案内していればよかったなんてことになったらどうしようかと」

「いえいえ、こういうのありがたいですよ」

温泉の位置という情報を抜きにしても、この周辺の地図という時点で大変にありがたいものである。この世界じゃ国土地理院の地図を本屋で買うなんてことは出来ないからな……。いや、俺が作ればよかったんだろうと言われたら返す言葉もないのだけれど。これは今後の建造物の検討に活《い》かさせてもらおうっと。

地図を前にジゼルさんも交えてワイワイとこのあたりの地形について話す。歩いてると気がつかなかったけど意外と起伏があるんですね、とかそんな話だ。

そうしてすっかり夜も更けていき、ジゼルさんが帰る時間になった。

「別に泊まっていっても大丈夫でしたのに」

俺が言うと、ジゼルさんは静かに首を横に振った。

「嬉しいですが、色々とやらなければいけないこともありますので」

「それじゃあ仕方ないですね」

「はい」

それで俺達家族とジゼルさんは微笑みを交わした。手を振りながらふわふわと飛んで去っていく。リュイサさんと違うのは突然出たり消えたりするような「はしたない」ことはしないところだ。

「さて、それじゃあ片付けて明日に備えるか」

はーいと返事をするみんなを家に入れて（ルーシーは〝お姉ちゃん〟のところへ走っていった）、俺は家の扉を閉めた。


窓からは月の光が差し込んでいる。ベッドから身体を起こして外を見ると、月明かりに照らされた庭がなんとも幻想的だ。

俺は寝ていて目を覚ましたわけではない。そもそも寝ていなかったのだ。

ゆっくりと、足音を立てないようにベッドから抜け出して部屋の扉を開ける。いつものベストなんかも今は着ていないし、履物も柔らかいものなのでほとんど無音で部屋から出た。

まぁ、無音だと思っていても、サーミャあたりが聞けばかなりの音がしているのかもしれないが。

そのままそーっと、やはり足音を立てないように家を出る。まるで女性と密会をするかのようだ。

いや、密会であること自体は間違ってないか。

そっと家の扉を閉める。こういうとき、うちの扉に鳴子が繋《つな》がっているのが恨めしい。幸い鳴子はガラガラと派手な音を立てることもなく、扉が俺と家の中を隔てた。

これで小さな任務が一つ片付いた。ホッと胸をなでおろす俺に、鈴の鳴るような、そして小さな声がかけられた。

「こんばんは」

「こんばんは、さっきぶりですね」

声がかかるのは予想していたので、「ぎゃあ」などと声をあげてしまうこともなく俺は挨拶《あいさつ》を返せた。そこにいたのは帰ったはずのジゼルさんである。

「作った地図を元に説明するならリージャさんでもディーピカさんでもよかったのに、ジゼルさんが来たってことはそういうことかなと思ってましたが、やはりそうでしたか」

「エイゾウさんの察しがよくて助かりました」

「私が来なかったらどうするつもりだったんです？」

「そのときはそのまま帰るだけですねぇ。睡眠はどうとでもなるので……」

「なるほど」

身体のほとんどが魔力だ、ということは実際には睡眠はいらないも同然だったりするのだろう。待たせてしまったことは申し訳ないが、これも〝大地の竜〟の頼み事だからなぁ。仕事としてお互い割り切ってやっていこう。

「さて、何からお伝えしましょうかね……。希望ってあります？」

「私達にとっては未知の情報ですからねぇ……」

「そりゃそうですね。じゃあ……」

俺は〝蒸気機関〟についてかいつまんで話をすることにした。湯を沸かすと蒸気が出る。その蒸気の圧力で物を動かせる仕組みである。蒸気をタービンに当てて回転させるものと、シリンダーで往復運動をさせるものとに大別出来るそれは、前の世界では前者は大小様々な発電機関に、後者は名前からそのままだが蒸気機関車に用いられている。

今回は蒸気機関車に用いられるようなやや複雑な機構の話はせず、蒸気の圧力でタービンを回して仕事をさせる部分についてだけ話をした。全部話してるとそれこそ夜が明けるからな。

「風の代わりにお湯を沸かした湯気で風車を回す仕組みと考えてもらえれば、そんなに違いはないかと。理屈は先程お話したとおりです」

「エイゾウさんのいたところには、そんなものがあったんですねぇ……」

「まぁ、〝内燃機関〟と言ってもっと複雑なのもありましたが、これはまた今度にしましょうか」

「ええ。今日はもうなんだかお腹《なか》いっぱいです」

ポンポンと自分のお腹を叩《たた》いてみせるジゼルさん。思わず大声で笑いそうになって、慌ててそれを引っ込め、二人でクスクスと笑う。ジゼルさんはその後すぐに「それじゃあ、本当に帰りますね」と言って去っていった。

こうして、一回目の深夜の授業は終わり、俺はちゃんと寝るべく、そうっと家の扉を開けた。

しんと静まり返った家。はじめてこの家に入ったときのことを思い出した。あれからそれほど経《た》っていないのに、この家も随分とにぎやかになったし俺も以前からそうであったようにそれを受け入れている。

もしこの家からみんな旅立っていってしまったら、俺はどう思うんだろうな。そんなことを思いながら、閂《かんぬき》をかける。

振り返ると、人影があった。一瞬「ぎゃあ」と叫んでしまいそうになるが、俺は必死にそれを飲み込む。

「なんだ、リディか」

そこにいたのはリディだった。さっき家の中を見たときはいなかったはず（もちろん見落としていたら別だが）なので、今ここに来たんだろう。

「外にいたんですか？」

「え？　あ、ああ。ちょっと月でも眺めようと思って」

いたのがサーミャじゃなくてよかった。彼女だったら百パーセントバレていたことだろう。

「そうですか」

リディは静かに微笑む。しかし、なんとなく迫力というか、いわゆる〝圧〟を感じる。ヘレンでも気圧《けお》されるんじゃないかと思うくらいだ。

彼女はエルフで細身、あまり身長も高くないから雰囲気としては凛《りん》としているというか柔和なほうなのだが、ニルダが来たときみたいに妙に迫力を感じることがたまにあるんだよな……。

「別に変なことはしてないから安心してくれ」

「なら、よかったです」

そう言って、リディは足音もなく自分の部屋へ戻っていく。

「俺も早いとこ寝よう……」

緊張のドキドキのせいで素直には寝付けないだろうが、少しでも寝ておかないと確実に明日——前の世界基準だとそろそろ日付が変わってそうだが——に響く。部屋に戻り、ベッドに横になると心配していたよりも早く俺は眠りに落ちていった。

翌朝、今日の天気は曇りである。夏の気温に森の雰囲気が相まって、若干の陰鬱《いんうつ》さをもたらしている。気温が高いとは言っても、日光がない分わずかばかり過ごしやすいのがせめてもの救いだろうか。

「降るかな」

天を仰ぎ見ながら俺が言うと、サーミャも同じように空を見てから鼻を動かして言った。

「いやぁ、これは平気だろ」

「サーミャが言うなら平気かな」

「十回に一回くらいは外れるけどな」

そう言ってサーミャは笑う。前の世界の某ロボットがたくさん出てくるゲームでないなら、九十パーセント当たるなら十分な的中率だと思う。今日がその十パーセントにならないことを祈るだけだ。

俺は笑ってサーミャの頭をくしゃりと撫《な》でると、鍬《くわ》を担いで作業場所へ向かった。

「かなり出来てんなぁ」

テラスで昼食を取りつつ、ヘレンが渡り廊下を見て言った。昼までは雨も降らずにつつがなく作業が進んだのと、屋根チームも作業に慣れてきたからか思ったより早く進んでいる。俺たち道板チームも、もう残すところあとわずかと言ったところだ。

昨日今日では終わらないと思っていたが、今日でほとんど片付いてしまうのではなかろうか。それは全然悪いことではないのだが。

「こうして繋がっていくと、あっちも家の一部って感じがするわね」

そう言ったのはアンネだ。その言葉に家族全員頷《うなず》く。離れた建物、となるとやはりどうしても隔てた感覚になるが、オープンエアーなものであっても繋がっていると母屋の一部になっている感じがある。

「やっぱり早めに作ってよかっただろ」

俺はわざとらしくドヤ顔を決める。最初に返ってきたのは苦笑ではあるが、

「まぁ、結果論だけどそうね。クルルとルーシーが仲間はずれにならないもんね」

とディアナが言って、「そうですね」とリケが続く。こうして午後のやる気を充填《じゅうてん》した俺達は、昼飯をやっつけてしまうと、再び家族と家族をつなぐ作業に戻った。

日が落ちかかる頃、道板を並べ終えた。まだ土で隙間を埋めたあと軽く叩いて締める作業が残っ

てはいるが、それはともかく一通り家から小屋と倉庫が繫がった。

場所は知れたといえどもまだ見ぬ温泉ともいずれ繫ぐ必要はあるし、屋根もまだ全てにはかかっていないので作業としては完了ではないが、こうやって繫がると達成感はある。あるのだが……。

「凝って石畳にしなくてよかった」

俺は思わずそう呟《つぶや》いた。安心したのは時間がかからなかったことにではない。石畳だったらそれこそ街路のようで、ここが町になるみたいな話にわずかばかりでも信憑性《しんぴょうせい》が生じてしまっていただろうが、そうならなかったことにだ。

変更が容易ならずとも大変とまではいかない板敷きの通路にしておいて本当によかった……。

◇　◇　◇

翌日、ヘレンを屋根チームに回し、俺とディアナで残りの作業を行うことにした。屋根のほうももう半分以上は出来ており、今日燦々《さんさん》と照りつけている太陽の日差しを遮っている。雨が降ればそれも遮ってくれるはずだが、このあたりは雨がそんなに降らないので完全な本領発揮となると来年の雨期になるだろうな。

枕木を敷くために掘った土を今度は枕木と枕木の隙間に詰めて、どんどんと全体を丸太で叩いて締める。前の世界でこんな感じの作業する機械があったな。ランマーだっけ。まぁアレほどの速度や力、仕上がりは必要でもないしやろうとも思ってはないが。

ディアナが土をスコップですくう。枕木の間にそれを落としたら、俺が丸太で叩く。体積が少し減るので、そこにもう少しだけ土をかぶせてまた叩く。それの繰り返しだ。

ずっと二人で同じ作業……だと思っていたのだが、もう一人手伝いがいた。ルーシーである。

俺たちの作業を遠目にジッと見ていたかと思うと、作業の終わった箇所にいって、立ちあがるように両方の前足を持ちあげて体重をかけてドスンと下ろした。それを何回も繰り返している。

しばらくそれを行ったあと、場所を変えて繰り返す。

「パパとママのお仕事の真似《まね》かね」

俺は一旦《いったん》手を止めて、ディアナに聞いた。ルーシーの様子を見ていたディアナの状況は言うまでもないだろう。

ディアナは祈るように手を組み合わせて言った。

「そうね。私達の作業を見て何をしたらいいかわかるなんて、天才かしら」

元々相当に賢いらしいこの森の狼《おおかみ》の知性が魔物化することで強化されているとしたら、完全に何をしているか理解して手伝っていることもありえるだろう。

さすがうちの子である。俺はディアナの言葉に大きく頷いた。向こうでは屋根にあがって作業しているリケにクルルが口にくわえた木材を器用に渡している。

あっちはもうそれなりに見慣れてきた光景なのだが、自分が何をすればいいか理解していないと出来ない。ドラゴンなので頭がいい、ということなのだろうか。将来が楽しみなような不安なような。

その屋根のほうからは釘《くぎ》を打つ音も響いてくる。今は俺とディアナが手を止めているが、先程まではおそらくディアナが土をかぶせる音、俺が丸太で叩く音も混じっていただろう。

それはきっと小さな演奏会のように〝黒の森〟に響いていたに違いない。俺自身が客観的にそれを鑑賞するすべがないのが少し恨めしい。

渡り廊下という即物的なものではあるが、それぞれの作業が繋がってひとつのものが出来上がるということ。そんなことも〝いつも〟になればいいなと、足元にきて褒めてくれと尻尾《しっぽ》を振るルーシーを撫でながら、俺は思った。

ルーシーの手伝いもあって（精神的な助けは〝こうかはばつぐん〟なのだ）か、道板の敷設は夕方までに終わった。屋根ももうほとんど終わっていると言っていい。

明日の昼飯までには終わりそうである。それを眺めながら、俺はディアナに言った。

「明日俺たちも手伝ったらすぐ終わるかな」

「そうねぇ。私もなんだかんだ慣れちゃってるし、速度があがればすぐね」

「わんわん！」

どうやら明日もルーシーは〝お手伝い〟をしてくれるらしい。俺は何度目になるかわからない、なでなでをルーシーにしてやって、この日の作業を終えた。

◇　◇　◇

翌日、昼前には屋根も全てが完成する。落ち着いたBGMに「なんということでしょう」というナレーションが聞こえてきそうである。あのTV番組、まだ前の世界でやってるのかな。

最後の釘をアンネが打つと、パチパチと森の中に拍手が響いた。本人は「私でいいのかしら」と言っていたが「こういうのは経験だし」と家族全員でやらせたのだ。

こうして森の中の鍛冶屋《かじや》とその倉庫と小屋が繋《つな》がった。廊下が完成したら、もう一つセレモニーがある。

「じゃあ、失礼して」

そう言って俺は倉庫前から小屋を経由し、母屋まで渡り廊下を歩く。「楽しそうだ」と思ったのだろう、クルルとルーシーが俺のあとをついて歩いた。〝渡り初め〟とでも言えばいいのだろうか、とにかくそういう感じのことだ。

俺も「誰が最初に使っても一緒だろう」とやんわり言ってみたのだが、「ここは家長が最初に使えば気兼ねがなくなる」と、これもアンネのときと同じように家族全員の意見でやることになった。

ただ渡り廊下を歩く、というだけのことなのだが、なんとなく厳かな感じになる。そのうち北方からしかるべき装束でも取り寄せたほうがいいのだろうか……。

母屋まで渡り廊下を進むと、再び家族から拍手が起きた。クルルとルーシーもよく分からないなりに嬉《うれ》しいらしく、庭を駆け回っている。

「いやぁ、なんか照れるな、こういうの」

「でしょ！　私もさっきそうだったんだから！」

「今は気持ちがよくわかる」

鼻息も荒くまくしたてるアンネに俺はそう言った。

こうやって完成したときに毎度何かをするのは気恥ずかしさもあるが、区切りという意味では大事なことだろう。家族と家族が繋がった節目と言えるものでもあるのだ、派手に祝っても神罰が下ったりはすまい。

そんなわけで、今日は昼から豪勢にいった。肉をふんだんに焼き、家にある調味料を総動員して様々な味をつけたものを出して、ワインと火酒の両方も解禁である。

リケはそれを聞いて、早速渡り廊下を経由して一樽《たる》倉庫からテラスへと運んで来たりしていた。流石《さすが》に酒が入った状態で火を扱う作業は危険なので、午後に時間ができたとしても、そこは許可できないのだが、今日のところは全員ゆっくり休むだけにするつもりだったそうなので問題あるまい。

「それでは、新しい建造物の完成と家族のつながりに乾杯！」

「乾杯！」

こうして昼下がりの〝黒の森〟の中、知らぬ人が見れば相当場違いに見えるだろう、ささやかな宴《うたげ》が始まるのだった。

10章 〝黒の森〟の民

渡り廊下が完成してから納品までの数日は皆思い思いのことをして過ごすことになった。

我が工房の忙しさには波がある。基本的に、忙しいときというのはたいてい俺のところに問題だのなんだのが持ち込まれているからなのだが。

「世間から離れてひっそりと仕事をしているだけの、しがない鍛冶工房」であるところの我が工房は今みたいに納品のための作業が終われば、そこから納品の日まではのんびりした日を送ることとなる。

……何もなければ、という但し書きが必要だけれども。

この日も休みにすることにしていて、皆森には出ずに家でのんびりすることに決めたようだが、それぞれにやることはあった。

サーミャとディアナは繕いものをしていたし、リディはヘレンと畑仕事、俺とリケ、アンネは家で、傷んできた家具の修理だ。いずれも長く暮らすなら欠かせない作業である。

俺はヒヒイロカネやアダマンタイトの加工や、崩れない魔宝石の生成について研究を進めるというのも課題ではあるのだが、手探りにもほどがあるので今は棚上げだ。

温泉については今は一旦保留にしてある。〝森の主〟直伝の場所なのだから、十メートル掘れ、などということもないのだろうが、湯殿の整備とあわせて考えると二〜三日でどうにかなるものでもないし。

森の中にぽつんとあるのだから、最初は衝立《ついたて》のようなものを設置するだけでもいいと考える向きもあろう。

それにうちにはほとんど人が来ないし、そこまで用心する必要もないのでは、と言われればきっとそうなのだろう。それでも年頃の娘さん達なのである。用心に用心をしてもしすぎることはない……と俺は思っている。

そんなわけで、各々目先の優先すべき作業に取り掛かり、間に昼食を挟んで、食器なんかをあらかた片付けた後、ほんのわずか休憩してから、そろそろ午後の作業を開始するかと腰を上げる。

そこへ、少しくぐもったノックの音が響いた。俺たちは居住スペースである母屋にいるので、この音は鍛冶場のほうなのだろう。

まさに今そっちへの扉を開けようとしていたリケが俺のほうを見る。俺は頷《うなず》いた。

ガチャリとリケが扉を開けて、ヘレンが〝迅雷《じんらい》〟の二つ名をあらわすように素早く鍛冶場へと向かう。

うちは〝黒の森〟の奥のほうにある。そして、たどり着くまでには危険な動物達がいて、夏の暑さで多少動きが鈍っていたりしたとしても、その危険度は大きく変わらないだろう。

つまり、ここにたどり着いたということは、それだけの実力がある証明なわけだ。

そして、その人物が俺たちを害さない保障はないわけで、つまりはヘレンが警戒に向かう必要があるのだ。

「はいはい、出ますよ」

その間続くノックの音に俺が返事をすると、ノックの音は止《や》んだ。

俺とヘレンは鍛冶場側の扉の前に移動すると、お互いに頷きあう。何かあればヘレンが俺を突き飛ばし、良からぬ輩《やから》のどこか——首も含めて——に斬りつけるだろう。

だが、ここまでやった警戒は意味が無かった。扉を開けた先にいたのは、あまり背は高くなく、長めの亜麻色の髪を頭の片側で纏《まと》めている軽装備の少女、俺たちがドラゴンを退治したときに一緒にいたフローレだったからだ。

「来たよ！」

ニコニコと屈託の無い顔で笑うフローレ。俺たちは少しだけ呆気《あっけ》にとられる。

「来たってお前……」

ヘレンがフローレに何かを言おうとしたが、それはフローレの突き出した指先に止められる。

「ここに一人で来たよ」

フローレが口に出したのは、ある目的があるなら必要なことだ。つまり、

「俺に特注品の依頼ってことか？」

俺がそう言うと、フローレはますます満面の笑みを浮かべて、大きく頷いた。

俺とサーミャにリケとヘレン、そしてフローレは商談スペースにいた。

「とりあえずは何を作ってほしいのかと、作ってほしい事情だな」

「あれ、事情によっては作ってもらえないの？」

俺の言葉にフローレはそう言って悪戯《いたずら》っぽく笑う。俺は頭を横に振った。

「そんなことはない。帝国の皇帝陛下だろうと魔王様だろうと、ここに一人でたどり着ければ作るさ」

魔王様のほうは別に約束したわけではないが、魔族には刀を一振り打ったし、皇帝陛下には直接来たら作ると約束してある。

約束した以上、たとえその目的が本人の護身を越えていようとも俺は作るつもりだ。

ただ、作るものを工夫して、この世界に混乱が訪れたりしないように配慮はしていくが。

「よかった。ここまで来るのは結構大変だったから、無駄足だったら相当ガッカリだよ」

フローレは大きくため息をついた。以前たまたま出会ったとき、彼女は一人で、その場所は〝黒の森〟の中、それも周縁部ではなく、少し奥に入ったところだった。

つまり、そもそもここに来られるだけの実力は備えているはずなので、そこは疑いようもない。

「あ、それでね」

促さないのに、フローレは自分から事情と作ってほしいものの話をはじめる。

話をかいつまめば、その内容はこうだ。

フローレは近いうちに仲のいい友人からの依頼ということで「探索者」、六百年前の大戦時や、それ以前に出来た迷宮のお宝を追い求める、いわばファンタジー小説やゲームの「冒険者」のような人々の手伝いをするらしい。

ついては俺にナイフを作ってほしい、というのが今回、俺に対する特注品の依頼ということになる。

その話をフローレがしたあと、これが嘘《うそ》でしたとなっても特に困らない話だし、知人の話を嘘かどうか確認するのも少し気は引けたのだが、一応念のため必要だろうと思い、俺はチラリとサーミャの様子を窺《うかが》った。サーミャはわずかに首を横に振っていたから、嘘はないらしい。

「ナイフなぁ」

俺は腕を組んで首を傾けた。

「え、何かまずい？」

フローレは少し狼狽《ろうばい》したようだった。

まぁ、ナイフなんてどう考えても当たり障りのないところだろう。なにせ高級モデルまでは普通に市場に回しているのだ。ならば特注品だって特に問題はない、と考えるのが普通だ。

だが、うちの場合は少しだけ事情が違った。今のところ特注品のナイフは家族にしか渡していない。

つまり、エイゾウ工房の家族である証《あかし》のようなもので、これをハイハイと作るのは俺としては非常に引っかかる。

さりとて道具としてのナイフがいかに便利であるか、そして、それゆえに少しでも品質のよいものを大枚を叩《はた》いて求めようとするのは十分理解出来る。下手をすれば武器防具以上に己の生命を左右することもある品だ。

「うーん、事情があってね。ナイフそのものはちょっと避けてほしいんだが」

「えー、でもナイフがいいんだよね」

フローレがそう言って口を尖《とが》らせた。くいと俺の袖《そで》が遠慮がちに引っ張られる。見るとそれはヘレンだった。

フローレは傭兵団《ようへいだん》ではヘレンの後輩にあたり、ヘレンに憧《あこが》れてもいるようだし、ヘレンとしてもそんな可愛《かわい》い妹分が困っていたら手助けしたいのだろう。

「アタイからも頼むよ」

家族にそう頼まれては何かを考えないわけにもいくまい。

「わかった、わかった。でも、なんでそんなにナイフが欲しいんだ？　剣じゃなくていいのか？」

フローレは剣と盾を使う。そのどちらでもなく、ナイフがいいというからには、何らかの事情があるはずだ。

「剣は強いんだろうけど、今持ってるので十分だからいいや」

実際フローレの持つ剣はなかなかの業物だ。それで十分だという判断は別におかしくはない。

「でね、探索者として迷宮に潜るときはいろんな道具が必要になるんだけど、ナイフがちょっと傷んできちゃってて。だから、なるべく長持ちするのがいいなぁって」

「他の道具じゃないのは？」

「一番使うのがナイフだから」

「他にも使う道具はあるんだよな？」

「そりゃ、もちろんそうだよ」

「ふむ……」

俺は腕を組んで考えた。つまり、フローレが欲しがっているのは武器ではなく、道具としての刃物なのだろう。

であれば、純粋に道具としてのみ使うような（つまり、殺傷能力がほぼない）ナイフであればいいかも……。前の世界の商品にそういうものは確かにあったなと、俺は思い至る。

俺はそれがこの世界に流通してしまっても問題ないかを考えた。

前の世界で一般に有名なものは一九〇〇年ごろの発明だが、似たようなものが実はそれより一七〇〇年も前にはあったのだそうだ。

つまり、発想自体は古くからあり、それが残らなかったのは歴史の中で失われてしまったからということだ。

であれば、この世界にあってもよさそうだ。俺はフローレに言った。

「それなら、ナイフの他にもいろいろついてる道具はどうだ？」

「ナイフの他に？」

フローレは、いや、そこに居合わせた俺以外の全員が怪訝《けげん》な顔をした。まだそんなものないもんな。

「ええと、つまりだな、ナイフ、小さいノコギリ、ハサミ、ヤスリ、ピックなんかを折りたたんでひとまとめにしてあるようなやつ」

俺はそう言いながら、筆記具を使っていわゆる〝十徳ナイフ〟の絵を描いた。前の世界で一番有名なものではなく、少しこちらの世界風にアレンジはしてあるが。

「へぇぇぇぇ」

「ほほう！」

フローレと、それに負けず劣らずリケが目を輝かせ、サーミャもヘレンも興味深そうに俺のスケッチを覗《のぞ》き込んだ。しかし、フローレは少しだけ眉《まゆ》を顰《ひそ》める。

「あれ、でもこれナイフだからダメじゃない？」

「まぁ、厳密にはそうかもしれないが、これはうちのナイフとは大きく形が違うからな」

俺が避けたいのは、単体でナイフであるものは家族の証のようなものだからで、それとは違うものであれば、特に避ける必要はないと思う。変なことだなとは自分でも思うが。

「ふぅん。ま、いいや。じゃ、これを作ってくれるってこと？」

フローレは一瞬だけ口を尖らせたが、すぐにキラキラとした目に戻って、俺に聞く。

「ああ、提案しておいてダメとは言わないさ」

俺は大きく頷いて答えた。フローレはパッと顔を輝かせ、

「じゃあ決まり！」

そう言って、手を差し出してくる。俺はその手を握ろう……として、リケの咳払《せきばら》いで慌ててフローレに言う。

「代金は完成してから自分の思う額を払ってくれたらいい」

「え、そんなんでいいの？」

「それがうちのやり方だからな」

「儲《もう》かってる？　大丈夫？」

「幸いここまで苦労してやってくるお客さんで誤魔化そうなんてのは一人もいなかったから平気だよ」

それにメインはカミロの店に卸している商品だし、とは言わないでおいた。

「ああ、苦労してやってきたのにそんなことしてちゃ意味ないもんね」

「そういうことだ。で、それでいいか？」

「もちろん！」

屈託の無い笑みを浮かべるフローレ。俺は今度こそ、その差し出された手を握った。これで商談は成立だ。


依頼が入ったとなれば、休みだとは言ってられない。午後からの家具の修理を俺は後回しにして、早速仕事に取り掛かることにした。

フローレには「一旦《いったん》帰っていいぞ」と言ったのだが、うちに来る客人の例に漏れず、滞在を希望したので、ヘレンに対応をお願いした。

そんなわけで、フローレは今、中庭でリディ、ヘレンと一緒に畑仕事に精を出しているはずである。

俺とリケは鍛冶《かじ》仕事だ。基本的には板金を熱して叩《たた》いて成形する作業で、十徳ナイフを作るうえで難しいのは「折りたためること」と「折りたたんだとき、開いたときにガタつかないこと」だ。

だがそこは俺にはリケとチートという心強い味方がついている。

リケが熱して大体の大きさに切り出し、ある程度成形したものを、俺が再び熱して加工していく。

なんとなくリケに作業を押しつけているような気になって、俺も自分で最初からやろうかなと思ったのだが、

「これも修行ですし、親方の仕上げは見させてもらいますので」

と言われてしまったので、それ以上何も言わずにおいた。工房内での地位がドンドン下がっているような気もするが、多分気のせいだろう、うん。

作業自体は順調に進んでいった。作るのはナイフにノコギリ、ハサミ、ヤスリ、ピックなので、やること自体は非常にシンプルだからだ。

ただ、やることがシンプルだからと言って、ホイホイできるかと言われれば、さにあらず。

例えばのこぎりは刃が交互に側面に飛び出すように作らないといけないし、ハサミは開閉機構を作る必要がある。

そして、ヤスリは細かく筋を入れていかなければいけないし、これら全てをせいぜいが手のひら

に収まるくらいのサイズ感のなかでやっていく必要がある。

それに今回は特注品の依頼だし、それに合わせて作業をすると一つ一つに時間をかけないといけない。

結局、この日のうちには完成はしなかった。ナイフやノコギリ等ができても、最終的にそれを収める部分が無ければ意味が無い。

夕食は折角フローレが来てくれていることもあるし、少しだけ奮発したメニューにしておいた。基本的にはいつものスープに無発酵パンだが、そこにベリーソースの鹿肉ステーキを追加したのだ。足りないといけないし、口に合わない可能性もあるので、シンプルに塩で焼いた猪《いのしし》肉も用意した。

結果的にはフローレが両方とも美味《うま》いと舌鼓を打ったため、保険で用意した意味はなかったのだが、全て食べ尽くされて余りもしなかったので、結果オーライと言えよう。逆に用意してなかったら全く足りていなかった可能性もある。

俺は翌日のこともあって、夕食後はすぐに部屋に戻ったのだが、女性陣は結構遅くまで話しこんでいたようである。

後からそれとなく聞いたら、ヘレンと一緒にした仕事の話なんかが主だったそうで、それなら俺も聞いておけばよかったかもしれないな。ヘレンとはまた違った目線の話が聞けただろうし。次来たときにでも聞くか。

そして翌日。朝一からテキパキと作業を進め、昼食を終えて太陽が中天を少し過ぎる位には、全てのパーツを作り終え、それをひとまとめにした。完成だ。

出来上がってみると、なんともシンプルだが、道具として考えれば正しいのだろう。

リケが畑仕事をしているフローレを呼びに行くと、正に飛ぶような勢いで鍛冶場に入ってくる。

フローレは商談スペースのテーブルに近づいて、その上に置いてあるものを指差した。

「これが？」

「そう。完成品」

俺は答えた。見た目には木の塊のように見えなくもないだろう。

「使い方を説明するぞ。と言ってもめちゃくちゃシンプルだが」

「うん」

俺はテーブルの上の十徳ナイフを手に取り、ナイフの背に刻んである溝に自分の爪を引っかけて引き出す。ナイフを開ききると、刃に合わない太さの、木製の柄を持ったナイフになる。柄には小さく〝デブ猫印〟が入っていて、我がエイゾウ工房の製品であることをささやかに主張している。

「これでナイフだ」

俺は続いてノコギリ、ハサミ、ヤスリ、ピックを引き出す。ナイフのように引き出しきったりせずに、ある程度開いたところで止める。

「これがノコギリ、これがハサミ。別に開ききらなくても使えるが、ナイフとノコギリは開ききったほうがいいだろうな」

「わかった。触っていい？」

「もちろん」

俺が頷《うなず》くと、フローレは十徳ナイフを手に取りためつすがめつしたあと、パタパタと十徳ナイフのツールを出したり引っ込めたりする。

「なるほどなるほど」

「どうだ？」

「いいじゃん」

ニッと笑ったフローレの姿に俺はホッと胸をなで下ろす。こんなの使えたもんじゃないとか言われたらどうしようかと思ったが、どうやらそんなことはないようだ。

しばらくはそうやって十徳ナイフをいじっていたフローレが唐突に言った。

「じゃ、帰るよ」

「え？　もう？」

俺が言うと、フローレはニッコリ微笑《ほほえ》んで頷いた。

「うん、ここに残りたいなぁって思っちゃわないうちに帰る」

「……そうか」

俺は頷いてから言った。正直少し寂しい気持ちもあるが、本人がそう言っているのだ、止める必要はどこにもない。

「じゃ、準備してくる！」

言うが早いか、フローレは客間のほうに駆けていく、俺はそれを見送ってすぐに全員を庭に集めた。

「それじゃ、これ」

「はい。確かに」

家の前の庭。俺は出立の支度を終えたフローレから差し出された金貨を受け取った。少し多いように思うが、ここで割引を持ちかけたりするのは厳禁だ。さすがに学んだ。

「今度はゆっくりしていけよ」「何もなくても来ていいからね」

かつてのドラゴン退治と昨晩で相当に打ち解けたのだろう、家族の皆が口々にそう言っている。

最後にヘレンが言った。

「帰る途中でちょっとでも危ないと思ったら、すぐにこっちに戻って来いよ」

「うん、それじゃまたね！」

小さく微笑んだあと、そう言ってフローレはタッと〝黒の森〟を帰っていく。

「行っちまったなぁ」

感慨深げにあっという間に小さくなっていくフローレの背中を見送るヘレン。

「まぁ、また直してって来るだろ。またね、って言ってたし」

俺がそう言うとヘレンは、

「そうだな」

そう言って、なぜか俺の背中を控えめに一発叩く。

「あ、そうそう、アタイにもあれ作ってくれよ」

ヘレンがそう言うと、サーミャが続いた。

「え、じゃあアタシも欲しい！」

こうなるともう止まらなかった。私も私もと続いて結局全員が希望した。

俺はそれに対して少し苦笑しながら、

「また今度な！」

と返し、ささやかなブーイングを浴びる羽目になった。


このあと、フローレが使った道具を見た探索者たちによって、同じようなものが作られ、そのうちそれはそれぞれの好みに応じて組み合わせや形態が変わるようになり、やがて「探索者必携」とまで呼ばれるようになっていくのだが、当然ながら俺はこのとき、そんなことになるとは全く想像もしていなかったのだった。


そうしてフローレの依頼を終えて納品の日。いつものように荷車に荷物を積み、森の中を進んでいく。今日も日差しが強いが、少しだけ弱くなっているようにも感じる。

俺はジリジリと地面を焦がそうとするかのように照りつける太陽を、樹々《きぎ》の隙間から仰ぎ見ながら言った。

「今日はちょっと涼しいな。そろそろ夏も終わるのかね」

「そうだな。ここらのはそんなに長くない」

サーミャが同じように仰ぎ見る。その顔に木漏れ日が当たってサーミャは目を細めた。

「つってもまだもうちょっと暑いのは続くぞ。エイゾウには厳しいかもな」

こっちを見てニヤッとサーミャが笑う。俺は肩をすくめた。

「いくら鍛冶場で暑いのは慣れてるとはいっても、外に出ても暑いのは早いとこ終わってほしいもんだね」

「全くね」

俺の言葉のあとを引き取ったのはディアナだ。彼女も暑いのはあまり得意ではないらしい。避暑地に引きこもるほどではなかったそうだが。

森の中に笑い声が響く。これも俺たちの〝いつも〟の一つだ。

森の中も、街道も何事も起きなかった。夏の太陽が最後の仕事を「もう一踏ん張り」とばかりに頑張っているだけだ。野盗もこの暑さでは仕事をする気にならないのかもしれないが。

街の入り口の衛兵さんに挨拶《あいさつ》をし、ほんのわずかばかり人出の減った道を進む。ルーシーが来るのを楽しみにしているらしい、強面《こわもて》のオッさんだけは今日もその仏頂面に汗を浮かべながら小さくルーシーに手を振っていたが。

やがて、カミロの店が見えてきた。裏手に回って荷車を倉庫に入れると、丁稚さんが駆け寄ってくる。彼の顔にも汗が浮いている。彼の場合は作業をしていて、なのかもしれないが、暑さが後押しはしただろう。

「まだ暑いな」

「そうですねぇ」

丁稚さんはいつもの屈託のない笑顔で言った。元気があるのはいいことだ。

チラッと見ると、前に作ってくれた日陰がそのままにしてある。今日も丁稚さんとうちの娘達はあそこで過ごすのだろう。

「それじゃ、すまんが今日も頼むな」

「ええ、お任せください」

胸を叩いて請け合ってくれる丁稚さんと、その丁稚さんに頭をこすりつけるクルルとルーシーをあとに、俺たちは商談室へ向かった。

商談室でいつものとおりに話をしたあと、カミロが切り出してきた。

「これは一応聞いておくんだが」

「ん？　なんだ」

カミロが「一応」と断りおくのは珍しい。彼ならそもそもそんな話は俺に持ってこない。自分のところでシャットアウトしてしまって、俺の耳に入れないだろう。

そうしなかったということは、形式上だけでも聞いた実績を作っておかねばならないところからの話なんだろう。

「お前に『都に来ないか、万難は排しておくから』って話があってな」

カミロの言葉に、家族が息を呑《の》む。俺は間髪を容れずに答えた。

「無理だな」

「だろうな」

「侯爵か」

「ああ。まぁ断ったからと言って何かしてくるようなことはないよ」

「何かしたらどうなるかわかってるだろうし？」

「そうだな」

カミロは苦笑する。わかりきった答えなのはカミロも侯爵も理解しているだろう。

うちにいる家族の何人かはあの森で匿うのが一番だろう、ということで滞在しているから、おいそれと動けない。それも侯爵はわかっているはずなのだが。

そのあたりを解決するコストを払ってでも、俺が都にいたほうが何かと「便利」なのは間違いない。俺も儲《もう》けだけを考えればそうしたほうがいいんだろう。

だが、俺があそこにいる理由の一つは魔力だ。あの魔力がなくては生産が立ち行かない。都にはそれがないからな。

しかし、俺が即答で都行きを断った最大の理由は魔力ではない。

「家族がいてこそでもあるが、〝黒の森〟での暮らしが気に入ってるんだ、俺は」

俺の言葉にカミロは今度は呵々《かか》大笑した。

「お前はもう完全に〝黒の森〟の民ってことだな」

「俺は最初からそのつもりだったさ」

俺は笑って言った。この世界がどうあろうと、俺は一介の鍛冶屋《かじや》で、そして〝黒の森の民〟でありたいと思うし、そうあるつもりだ。

家族が安堵《あんど》の声を漏らす中、俺は、

「おや、ありがとう」

そんな、リュイサさんの声を聞いた気がした。

エピローグ　〝黒の森〟の記録　その一

〝黒の森〟といえば、危険な場所であると世界では認識されている。

昔とは違って、その認識もほんのわずか揺らいできたが、棲息《せいそく》する動物や発生する魔物を考えれば、ピクニック気分で入っていいような土地でないことは全く変わらない。

そんなところに私はいた。もちろん、ピクニックに来たのではなく、「彼」の足跡を求めてのことだ。

にわかには信じがたいが、どうやら鍛冶屋としてのはじまりは、この〝黒の森〟からである、ということがわかったからだ。

出身が北方であることは突き止めていたので北方も調査したのだが、そちらのほうは王国や帝国のもの以上に念入りに痕跡《こんせき》が消されていた。

……と思っていたのだが、どうも集めた情報では、そもそも北方にいた頃は鍛冶屋をはじめていなかったらしい。

そんなわけで、はじまりである場所を訪ねないわけにもいかないだろうと、私はこの地に足を踏み入れたのだ。

正直に言えば、私はここへ来たことを若干後悔していた。

「いやぁ、これは怖いな……」

黒っぽい樹木が多いこともあるが、純粋に樹木の数が多くて全体的に暗い。

人間というものは闇を恐れる生き物なのだな、と当たり前のことを実感する。

「もし〝黒の森〟へ行くなら、秋口はやめておいたほうがいいですよ」

いつか会ったリディさんの言葉が脳裏をよぎる。冬に備えて「たらふく食べる」種類の動物達がいるからだそうだ。

そのアドバイスに従って、今は夏。暑さという大敵があっても、少しは日射《ひざ》しの強さで暗さもマシになっているだろうと思っていたのだが、その見通しは甘かったようだ。〝黒の森〟の名前の由来を思い知ることになっている。

ただ、動物達の声もあまり聞こえてこないし、この時期は比較的のんびりしているらしいので、茂みがしょっちゅう揺れて肝を冷やすということもないのは救いだろう。

それでも、いつそれが起きるだろうかとビクビクしながら森の中を進んでいくのは徐々に私の体力をむしばんでいっているようで、いくらも行かないうちに顎《あご》があがりはじめた。

製品から察する腕前でただものではないとはわかっていたが、こんなところで「生活」していたというのは、どんな剛の者だろうかと思わずにいられない。

しかし、これまでに訪ねてきたどの方からも、エイゾウ氏がむくつけき大男であったと聞いたことは一度もない。

むしろ、身体《からだ》の線は細い御仁であったと聞いた。それに、目つきの悪さだけは折り紙付だったようで、こちらはどの方も言及している特徴だ。

そんな「普通の鍛冶屋」がこんな環境で平然と暮らしていた、というのはにわかに信じがたい話ではある。

だが、どう話を聞いても真実で、そのイメージのギャップによって私の中の〝エイゾウ氏〟がうまく像を結ばなくなったりもする。

この「スタート地点」を訪れることで、そのギャップを埋められればいいのだが。

暗い森をビクビクしながらも、聞いていた目印を頼りに進んだ先に、少し開けた場所があった。なんとか日が出ている間にたどり着けて、私はホッと胸をなでおろす。

そこには森の中にしては立派な建物が、どんとその姿を見せていた。かなり大きいほうが家で、そこに寄り添うように建っているのが鍛冶場だろう。

「今はもう誰も住んでませんよ」

リディさんはそう言っていた。かなり昔に立ち寄った際に、誰も住んでいないことを確認したらしい。ネズミすらいないのではないか、とも言っていた。

「失礼します」

そっと家のほうのドアを開ける。カランコロンと鳴子のものらしき音が響いて、私は思わず身をすくめた。

その音で誰か（あるいは何か）が飛び出してくるということもなく、室内はしんと静まり返っていた。

リディさんの話では、かなり長い間ここには誰も住んでおらず、手入れもされていないはずなのだが、壁や柱はもちろん、屋根も、置きっぱなしにしていたのだろうテーブルや椅子も傷んでいない。

それどころか、床にホコリが積もったりもしていないのだ。まるで、誰かが定期的にしっかり掃除しているように。

「あそこは〝妖精《ようせい》さんたち〟が守ってますから」

そう言っていたのはリケさんだ。もののたとえだろうと思っていたが、この様子だとそれも真実であるように思える。

部屋が並んでいるほうへは足が向かなかった。色々と知りたいのは確かだが、そこへ踏み入るのは何かが違うような気がしたからだ。

家が朽ちていれば、そう思うこともなかったのかもしれないが、今にもここに住んでいた皆さんが扉の向こうから出てきそうなくらい綺麗《きれい》に保たれているのが、部屋へ入るのをためらう理由になった。なんとなく気が引けるというやつである。

私は調べたいだけで、盗人《ぬすっと》ではない。入ったところからつづきになっている、かまどの周辺には調理器具や食器が一つもない。それらの物資はいずこかへ持ち去られたようだ。

これでは部屋のほうも期待できないだろう。入るのをやめにしておいてよかったな、と自分に言い聞かせる。

片隅には先ほど見た鍛冶場へ続く扉があり、私はそこを開ける。夏にもかかわらず、少しひんやりとした空気が流れてきた。

中には鍛冶場らしい道具がいくつか残っている。鎚《つち》やヤットコといった比較的小さなものはないが、炉のようなものや火床、金床はそのまま残されている。

「ここから始まったのか」

私は鍛冶場の中を見回した。当然ながら全ての火は落とされ、静まりかえっている。

だが、これまで様々な人々に聞いてきた話から、私の目には生き生きと作業をするエイゾウ氏達の姿が見えるような気がする。

ゆっくりと、一つ一つを確かめる。大小様々な傷が確かに使われていたことを物語っている。

ふと目を上げると、かなり沈んできている太陽の橙色《だいだいいろ》の光が鍛冶場の中を満たしていた。

そのとき、高いところでキラリと何かが光った。

「なんだろう?」

私はその下に行って、見上げる。梁《はり》の陰に隠れるようにして設置されているそれは、盾の中に樹木を合わせたエンブレムだった。

この時間にならないと差し込んだ光が当たらない位置にあることから、意図的にここに据え置かれたのだろう。例えば時間を知らせるだとかの目的が考えられる。

エンブレムをよく見ようと目をこらすと、その下には銘板のようなものもあった。木でできていて、あまり大きくなく目立ちにくい。

そこにはこう書かれている。

「〝黒の守り人《もりびと》〟……」

今まで話を聞いてきた方々からは——ここに住んでいた方々からも——この〝黒の守り人〟についての話は出なかった。このあと帰ってから、どなたかに確認する必要がありそうだ。

そう思い、慌てて持ってきた荷物から筆記具を取り出し、エンブレムの形状を写し取りはじめる。

「ふむ」

そのとき、唐突に女性の声がした。私は驚いて声のしたほうを見る。

そこにはゆったりとした服を纏《まと》い、ゆるくウェーブの掛かった緑の髪に、真っ白な肌の女性がいた。

今は集中していたが、鍛冶場の扉が開く音はしなかった。かといって、鳴子も鳴らなかったことから、家のほうの扉を開けて入って来たわけでもないだろう。

だとしたら、どこから？　混乱している私に、緑の瞳《ひとみ》の彼女は、悠然と私に話しかけてくる。

「この地に仇《あだ》なす者であるかと思うたが」

その言葉に私は思わず首を強く横に振る。

「違うようだな。何をしに来た？」

私はエイゾウ氏を追いかけ、あちこちで話を聞いたり、資料を調べたりしているのだとつっかえつっかえ説明する。

「なるほど。まぁ、ある程度は語ってもよいと、あの者は言っておったし、問題あるまい」

リュイサと名乗った彼女は、ゆっくりと、懐かしむように「そのとき」の話を始めるのだった。

続きの物語　悪魔の棲《す》む王宮

「王宮には悪魔が棲んでいる」

そんな話が流れ始めたのはいつの頃だっただろうか。

以前までなら不備を指摘されることがなかったものが指摘されるようになり、なぜか却下されていたものがすんなり通るようになった。

必ず理由が付されていたが、それはぐうの音も出ないほどの正論で、そのため、規則を操る悪魔が王宮には棲んでいて、そいつにかかればあらゆることを規則という網でとらえられるのだと皆は口々に噂《うわさ》した。

エイムール伯爵が魔物討伐に成功してからしばらく後のこと。いくつかの不明点に目を留めた者がいた。

彼らは当然、詳細を調べようとしたが、すぐに諦《あきら》めることとなる。従軍し、軍事行動をした者が誰であるかは軍事上の機密保持の関係で秘匿することが認められているからだ。

普通、従軍した場合はその実績が名声に関わってくることから、秘匿されることを望まない。よほどのことがあればそうすることもあるかもしれないが、基本的には公開されて困るような性質のものではない。

そのため、誰も「秘匿してよい」という規則があることをろくに覚えてはいなかったのだ。

そんな規則ではあるが、規則は規則である。古びていようと覚えてなかろうと王命によって定められ、それから幾星霜が経《た》とうと取り消されていない以上は有効である。隠されていること自体は全く問題のないことだった。

そこで逆に「誰が、あるいは何が隠されているのか」から探ろうとした者もいたが、秘匿されている箇所が巧妙にちりばめられていて、「この十数人の誰か」のように曖昧《あいまい》なところまでしかわからない。調べきったところでさしてうまみがあるとも思えず、やがて不明点は不明のままおかれることになった。


「ええと、これはあの男爵様のところのですね」

王宮の一角にある部屋、そこにうずたかく積まれた様々な素材の様々な書類。その山に埋もれるように小柄な女性の姿がある。声はその女性のもので、テキパキと書類を片付けている。

彼女がここへ来ることになったのは数ヶ月前、エイムール伯爵の魔物討伐からしばらくが過ぎ、戦費の精算も終わった頃。そのときにかかった費用が他と比べてかなり少なかったことから、一度書類を検《あらた》めてくれとのお達しがあったのだ。

女性の名はフレデリカ・シュルター。のちに「規則の悪魔」と呼ばれることになる女性である。

「まぁ確かに無駄があるようには思いますが」

フレデリカは明かりに透かすように書類を持ち上げる。整った字だが、内容は少し乱雑で、どうやら口頭での報告を書き留めたものらしかった。

曰《いわ》くは領内の野盗を討伐するのにこれだけの人数を投じ、その分余計にかかった費用がこれだけなのだと。

通常、領内の治安維持は当然ながら領主が責任を負う。ということはつまり、費用は基本的には領主もちである。あくまで基本的には、なので、そこには例外がある。

もちろん、フレデリカはその例外を知っていた。街道付近の治安維持は王国と折半なのだ。これは街道の一部分の治安が極端に悪化した場合、そもそも王国を迂回《うかい》して通る人が増えるので、それを防ぐためというのが発端である。

今見ている書類はその請求書だ。どうも少し多いのではないかという指摘があり、そのチェックをしている。確かに報告した規模の討伐であれば、投入した人数が多い。過去の資料と照らしても、不自然とは言えないにしても多いのは確かだ。

その理由も記載はされていた。衛兵隊に経験を積ませるべく、本来なら出さないような新入りも連れて行かせたのだと。ますますもって王国としては「それは領主の勝手だから、その分はダメだろう」と言いたくなるのもわかる。

「あれ？　でも確か……」

フレデリカは書類の脇にある、これも山と積まれた資料の山を漁《あさ》った。その中から古びた羊皮紙を取り出し、広げる。

「ふむふむ」

ところどころ虫食いになっているところへかなり薄い字で書かれているのは、派兵人数の上限についての規則だ。大本は六百年前の大戦時、無尽蔵に兵を送っていたのではいずれ兵も民もいなくなってしまうということを懸念してのものだ。つまり、本来は「送りすぎ」を抑制するための規則である。

しかし、フレデリカは逆を考えていた。「上限はここ」と決まっているということは、裏を返せば「そこまでは送ってよい」と解釈しうる。

「ああ、やっぱりそうでした」

フレデリカは見つけたものを別の紙に写し取る。規模的にはちょうど男爵が連れて行った人数が上限となっている。男爵がそれを知っていて、主張しているとは思えない。なにせ六百年前の代物である。

それでも、である。

「規則は規則ですからね」

フレデリカはそうひとりごちて、請求書に書き写した規則を添付した。上限はここなので、そこまでは正当な請求であると。

「これで衛兵たちの底上げができれば、街道の行き来がしやすくなって、結局は王国の利益にもなるでしょうし」

だがそれだけではない。確か、あの男爵の領地には時折珍しい鉱物が発掘されたはずである。ここで恩を売っておけば、後々に鉱石を譲ってほしいときにわずかなりとも有利になるだろう。

その手札を持っておけば、何かあったときに「あの人」を頼っても恩を返すのに不都合がない。

フレデリカは人知れず、小さく微笑《ほほえ》んだ。

「さて、次はこれですか。おや、これはいけませんですね」

そう言って、今度は一見すると正当な請求を却下するため、古い資料を引《ひ》っ掻《か》き回す。

フレデリカ・シュルター、王宮に棲む小さな悪魔はニョキニョキとその角を伸ばしはじめたのだった。

あとがき

どうも、流石にそろそろ初めましての方はおられないのではと思いますが、おられましたら初めまして、そうでない方はお久しぶりの兼業ラノベ作家たままるでございます。

こうしてご挨拶《あいさつ》するのも八回目となりまして、とうとう末広がりまでやってまいりました。これもひとえに皆様のおかげとまずは感謝申し上げます。


さて、今回はいよいよ世界の根幹の一端にエイゾウが触れることになりました。世界側の目論見《もくろみ》もちょっとだけ明かされました。

とは言ってもリュイサもまだ余り多くをエイゾウには伝えていない感じなので、今後エイゾウが世界から見て、どういう扱いになるか、物語としては今のところ未知数ですが。

そして、エイゾウ達にしては大規模戦闘がありましたね。これは一度エイゾウ工房の面々が本気でちゃんと戦うとどうなるのかをやってみたかったのですが、Ｗｅｂ版では思いの外あっさりと片付けてしまいました。ほぼ完封試合です。

まぁ、リュイサが言うまでもなくあの森では……というか本文を読んだ方はご存じの通り、あの地域で最強と呼んで差し支えない戦力になってしまっている彼らなので、それも宜《むべ》なるかな、なのですが、流石にドラゴンも倒しているほどとはいえ、サッサと倒して終わりも味気がないねと担当さんとのお話になり、今回のようにちょっとだけ苦戦してもらうことになりました。

多分、エイゾウ達が苦戦するとしたら数で押してくる相手なんでしょうけど、森の中でとなると木々の多さを利用して、数の優位《い》を活かせないように立ち回ると思うので、何か他の方法を考えないといけなさそうだなぁと思っています。

そして、伝記作家くんもいよいよ真相に迫りつつあります。リュイサがあっさり全部教えればそれで解決するのでしょうけど、それはしないようですので、後世の人間としての彼が何を見て、それをどのように判断していくのかは今後もお楽しみにしていただければ。


七巻では本文の分量が多かったので言及できなかった私自身の近況ですが、お引っ越しをいたしまして、生まれ故郷に帰ってきました。住んでる街は違うんですけどね。今回の引っ越しで母や妹、そして猫ちゃんたちとも一緒に暮らすことになって、少しだけ賑《にぎ》やかな日々を送っております。

この辺が作品にも反映できるといいんですが、はてさて。


以下は謝辞になります。今回もご担当いただきました編集のIさん、的確な指摘、いつもありがとうございます。

今回も素敵なイラストを描いてくださったキンタ先生、毎回「なるほど」と思いながら、ラフと完成を拝見しております。ありがとうございます。

コミカライズ版を担当してくださっている日森よしの先生にも、原作者ながら「そういう展開にしとけば良かった！」と思うこと頻《しき》りです。可愛いサーミヤやリケ、ディアナにヘレンも毎度眼福でございます。コミカライズ版も大変好評ですので読んだことがないという方は是非。

オーディオブックや海外展開関係者の皆様もありがとうございます。

そして、母、妹、猫のチャマとコンブ、もしかするとこれが出る頃には家族になっているかもしれない猫のシジミにも感謝を。

友人達にもいつも元気をもらっています。ありがとう。

最後になりましたが、勿論《もちろん》この本を読んでくださった読者の皆様には最大級の謝辞を贈りたいと思います。

それでは、また次巻にてお会いいたしましょう！

カドカワBOOKS

鍛冶屋《かじや》ではじめる異世界《いせかい》スローライフ 8

2023年7月10日　初版発行

著者／たままる
発行者／山下直久
発行／株式会社KADOKAWA
〒102-8177
東京都千代田区富士見2-13-3
電話／0570-002-301（ナビダイヤル）
編集／カドカワBOOKS編集部
印刷所／大日本印刷
製本所／大日本印刷

Printed in Japan
ISBN 978-4-04-075032-3 C0093

新文芸宣言

かつて「知」と「美」は特権階級の所有物でした。

15世紀、グーテンベルクが発明した活版印刷技術は、特権階級から「知」と「美」を解放し、ルネサンスや宗教改革を導きました。市民革命や産業革命も、大衆に「知」と「美」が広まらなければ起こりえませんでした。人間は、本を読むことにより、自由と平等を獲得していったのです。

21世紀、インターネット技術により、第二の「知」と「美」の解放が起こりました。一部の選ばれた才能を持つ者だけが文章や絵、映像を発表できる時代は終わり、誰もがネット上で自己表現を出来る時代がやってきました。

UGC（ユーザージェネレイテッドコンテンツ）の波は、今世界を席巻しています。UGCから生まれた小説は、一般大衆からの批評を取り込みながら内容を充実させて行きます。受け手と送り手の情報の交換によって、UGCは量的な評価を獲得し、爆発的にその数を増やしているのです。

こうしたUGCから生まれた小説群を、私たちは「新文芸」と名付けました。

新文芸は、インターネットによる新しい「知」と「美」の形です。

2015年10月10日
井上伸一郎

宇宙船が遭難したけど、目の前に地球型惑星があったから、今までの人生を捨ててイージーに生きたい

水野藍雷　イラスト／**卵の黄身**

宇宙で運送屋を営んでいたルディは、ワープ事故で辺境の惑星に降り立つことに。そこで出会った魔法を使う魔女に同居を依頼し、銀河帝国の料理を振る舞ったり、狩りを手伝いながら暮らすことに……？

カドカワBOOKS

異世界刀匠の
魔剣製作ぐらし
著 荻原数馬
画 カリマリカ
城壁の外で気ままに
暮らすモグリの鍛冶師――
しかし生み出す剣は
超一流!?

STORY

カドカワBOOKS

凄腕だがモグリの鍛冶師ルッツは、渾身の一振りを人助けのために手放してしまう。……うっかり銘を刻み忘れたまま。

野心の薄いルッツは気づかない。自身が勇者さえ心を乱す名刀を作っていたことにも。伯爵家専属の付呪術師ゲルハルトが無銘の名刀の作者探しに乗り出したことにも。

何とかルッツを探し出したゲルハルトは、伯爵の佩刀の製作を早速依頼。その刀はさらなる波紋を呼び――!?　魔剣を数多生み出した名匠が世に出る瞬間を描く鍛冶ファンタジー！

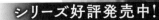